TASCABILI B(... ͵/͵

Fotografia di Giuliano Grittini

ALDA MERINI

LA PAZZA DELLA PORTA ACCANTO

A cura di Chicca Gagliardo e Guido Spaini

I GRANDI TASCABILI
BOMPIANI

Della stessa autrice nei Tascabili Bompiani
LA VITA FACILE

ISBN 978-88-452-9542-3

www.giunti.it
www.bompiani.it

Via Bolognese 165 - 50139 Firenze - Italia
Via G.B. Pirelli 30 - 20124 Milano - Italia

Prima edizione a marchio Bompiani: maggio 1995
Prima edizione Giunti Editore S.p.A: agosto 2017
Ottava ristampa: dicembre 2022

A Ferruccio Cajani
a Manuel Serantes Cristal

La pazza: “Io sono una sedia, una sedia su cui non si siede mai nessuno. Non so se ci sono delle piastrelle o del linoleum o della vernice fresca. Chi mi ha verniciato le mani? Un secondino, immagino, ma ieri è venuta una visita. Una parola, parola, parola, parola, mi bacia le labbra, pronuncio la parola.”

Incipit

Tu non sai quante volte bacio i cancelli di casa mia che si aprono soltanto se citofono alla pazza della porta accanto. E lei mi lascia fuori come un mendico. Ma io servo la sua nudità, la sua avarizia e il suo vangelo assassino.

L'AMORE

È un petalo la tua memoria
che si adagia sul cuore
e lo sconvolge.
Addio, come ogni sera,
oltre le fratture c'è un cadavere
eretto di discorso,
sembra un frammento di un'eutanasia,
ma tu mi uccidi come sempre, amore,
e riapri i miei eterni giacimenti.
I sepolcri del Foscolo, gli addii
di certe mani che non sono sepolte
ed emergono futili dal nulla
a chiedere giustizia di parole.

Se non fossi presente non ti vorrei, ma sei comunque assente dentro ai miei sogni.

Per trovarti, mio lungo amante, devo cercarti tra le braccia di un'altra o in cima ad Archimede. Non si sa mai quale treno prendere per vederti partire. Ti ho scambiato anche per il postino, che consegna lettere piene di disinganni e va sempre oltre per guardare la custode. Così di porta in porta, di postino in postino, hai dimenticato di mettere tra le mie labbra il primo bacio d'amore.

Amarti è stato come conficcare una stella nel vetro di una finestra.

Niente è più gelato dei conti, e niente più dei conti può riscaldarti i piedi.

Siamo stati intere notti a sognare come sistemare un lavello che faceva acqua.

Un chiodo fisso per tutti e due, un conto dello Stato.

La tua pelle è bianca come un siero di cuore, la tua pelle è molle come una vipera. Contro la tua pelle io piango la mia giovinezza. Tu che non sei più giovane. La tua pelle mi fa compatire i ragazzi, la tua pelle è viva e uniforme come la terra. Contro la tua pelle io sorrido alla vita. La tua pelle non ha nulla del carcere, eppure è incarcerata nel corpo e avrebbe un avvenire di lacrime se appartenesse al cielo. La tua pelle è un virgulto di senescenza. La tua pelle è viva. Io lacrimo sul tuo passato che non ha visto la tua pelle ignuda accanto al mio giovane corpo.

Se ti misuro dal volto posso dire che sei elementare come le pietre. E come le pietre dolcissimo. Mi hai fatto sanguinare le anche e il senso dell'infanzia, per correre dietro al variare di un muro che era un incomprensibile vento, come l'incontro di un violino.

Non so perché quest'urto furibondo se l'è preso nel cuore Casiraghi, lui, il meno sospettabile e calmo.

Mi hai quasi obbligato ogni giorno a venirti a vedere, infagottata di freddo, mentre mi chiedevo con le mani ammalate dove fosse il mio pianoforte.

Non ti ho suonato nell'anima, forse, che un contrappunto che avviliva il cuore e i grandi baccellieri della paura.

Questo non voler vedere scartoffie e credere che tu eri bello, troppo bello per stare in una banca.

Anna Karenina prima di andare si mise una cuffietta fresca.

Non era allora la metropolitana, era soltanto un treno che partiva, però per l'incendiaria matrice ci voleva un grande rumore per coprire le urla della passione.

Così come il più freddo degli aguzzini, chi si uccide commette un reato, ma prima calcola bene di cancellare le tracce.

Oh smemorata che sono, ricordo che sei vivo solo dopo mille notti d'amore.

La croce di madreperla l'ho data a Lucio Dalla.

Perché l'amavo, sai. Uno spettacolo intero di vita disordinata con dentro il circo equestre: un profumo di fiore, la rosa del giardino, le aiuole del convento.

Mi viene in mente adesso che ho perso tanto tempo a scovare fanciulli, i miti, i miei trastulli, i fiori di eucalipto, ciò che è scritto e non scritto.

Vorrei sapere adesso che cosa mi è successo per chiudermi in convento in un tempo e un evento e perdere Titano che era sì tanto strano ma portava, a volte, dei risvolti di classe.

Ho chiuso tutto fuori nel giorno del furore.

E ieri mi successe un fatto così strano, così dolce, così inaspettato. Un ragazzo, un giovane bancario, strabico, ma profumato, mi prese e mi baciò con grande trasporto davanti a tutti. La banca applaudì e io rimasi sconvolta. Tornata a casa lo dissi a M. e allora capii che cosa avesse voluto dire quel trasporto. A soli ventitré anni, lui, che io chiamavo Tom Ponzi, voleva trasmettermi un messaggio: Roberto non era stato un'illusione e io non avrei avuto bisogno di elettroshock.

L'uomo in cui il desiderio diventava diaccio si era allontanato di tre metri. La sua figura, la sua ombra, era più piccola della sua statura e questo l'avevo notato. Guardando lui ti trovavi davanti un volto orribile, se scrutavi la sua ombra trovavi amore. L'uomo e la sua ombra erano detestabili proprio perché non si somigliavano per niente. Ogni mio uomo ha sempre avuto un corpo e un'ombra così dissimili che raramente sono stata in grado di identificarli. Forse perché le ombre non hanno alcun desiderio.

Sai bene che soffro il mio corpo.

Sai bene che piango di tanto aspetto e di tanto aspettare.
Sono un inspiegabile soggetto dalla dolce violenza, falsariga fedele.

Ho confidato a Gerardo il mio amore per te.
Sai, qui a Milano bene o male si fanno confessioni anche all'interno delle librerie, che trasudano gli amori dei poeti e anche quei dettami delle pietre.

Quando una donna si può rappresentare, io canto la musica migliore che ho nel cuore.
E ogni musica è certamente una trama d'amore.
Cosa si può scoprire al di là di una ragnatela fatta di tempo, di speranze e di inganni?
Ecco, se sogno mi trovo allo scoperto sul mare, come se passassero tante barche, barche similari, barche che vanno verso il porto.
Ma il poeta non ha un porto e Omero non aveva una caverna e neanche la Sibilla.
Io ho incontrato la Sibilla un giorno e le ho chiesto quale fosse il mio destino. Anche se io il mio destino lo conosco. Perché è la continuazione del mio presente, un presente amaro, ma un presente di musica.
Sono anni superbi questi miei, sono anni in cui la gente non mi contrasta.
Eppure per il poeta il contrasto è inevitabile, questa grande ossessione di parole è diventata un cammino.
La musica per me è un lungo peregrinare in cerca di vette, di croci e di magnifiche donne.
Nessun uomo può dire di non essere stato crocifisso almeno una volta a quel ramo di ulivo che è la donna.
Ma è veramente un ramo, la donna, o invece un grande torchio, sotto i piedi del quale l'uomo viene mestamente

disgiunto da se stesso? Non ho paura di avere inventato questa donna, ma non voglio che diventi la mia calamità. Per questo le ho voltato le spalle. Però non posso fare a meno di cercarla.

L'uomo è un essere duttile pieno di abbandoni.

L'uomo deve perorare se stesso fin che può. L'uomo deve tradursi in musica e deve sapere perdonare quello che non conosce.

Così come Venere Callipigia, che col piede di grazia calpesta il serpente nudo, tu fai tremare il mondo col mandorlo dei tuoi occhi.

La tosse secca presa in libreria per condizionamento di stagione.

Nessuno ti preleva da Milano. Tu chiami un taxi ricordando forse che Quasimodo lì ti conduceva, su di un taxi, dove si sedeva ragionando d'amore senza fine.

Quasimodo spendeva le parole e io spendo la vita per amarti, ma tu non vieni, intuendo che qualcuno potrebbe sbarrarti la strada qui davanti.

Incolpo tutti della tua presenza, li incolpo del tuo starmi lontano.

E a tratti mi ritrovo sul cuscino che piango sola, disperatamente.

Sto aspettando che tu mi renda quel conto di garanzia che avevamo previsto insieme. La legge degli amanti così oscura ha una contabilità diversa, senza un qualsiasi impegno. Rendimi la mia cassa da morto insieme a un becchino!

Lo scrivere può diventare un vizio congenito allorché tiene il luogo di una presenza essenziale, talmente bella e felice da trovare appagamento soltanto in una poesia anomala e anormale, quasi pellegrina, che cerca la propria dimora presso la carità dell'ascoltatore. E allora avremo la preghiera tacita dell'ascoltante e di chi mormora al suo orecchio la propria canzone d'amore e di umano disdegno.

Però sui tuoi capelli biondi, dove ho giocato il mio ultimo grido, sulla tua gota rotonda, rosea, sulle tue lacrime belle, perché assai giovanili, ho visto trascorrere il buio del mio annale di vecchio poeta. Ho trangugiato vino dal verde della tua bocca. Ho portato incensieri e balsami di figure.

Però sulla tua bella bocca ho visto la geografia dell'amato.

Tu eri la terra promessa, la terra della mia grazia.

Ridevo, rido oggi, ed è venerdì santo.

Non ho più io, non ho più varcato della Chiesa il numero frontale.

Se sapessi, Silvano, che ti adopero per trovare una giustificazione, per aggiustare un amore perduto.

Passava inetto e quasi universale un lurido verme che non mi ascoltava, travestito da ignobile selvaggio.

Ma lui, il Richard cuor di leone, con la sua bella tavola rotonda, cercava la sua dama preferita.

Re Artù più vecchio, che non lo voleva, mi mandò a dire che me ne andassi per non chiudere più quel monastero aperto alla deriva.

Io cerco persuasione alla mia morte.

Forse era Otello, che mi domandava. Mi strangolò sul letto dove Cassio aveva posto il suo nocimento, nocimento di dubbio. Questo Iago maledetto dimora ancora a casa. L'enigma che mai si risolve adagio adagio mi farà morire.

Il bancario siede sulla sua sedia privata e privata è la sua esistenza. Non ha mai avuto un dialogo, non dimora in nessun ambiente, raramente si sposta dal suo auricolare. Il bancario sente, prevede e indovina senza conoscere il mondo. Al primo passaggio vede il poeta e pensa che il poeta sia una perla rarissima, però povera. Ha visto il poeta su tutti i rotocalchi e se ne innamora.

Il poeta ha l'anima del bancario: è ossessionato dal suo conto in banca, ha paura di perderlo, lo raccomanda vivamente come se fosse un figlio, un figlio privato. E il bancario se lo sente suo, talmente suo, che se lo amministra a suo piacimento.

Il poeta ha anche l'anima del banchiere e vorrebbe amministrare immense sostanze, somigliare a un finanziere che ha previsto e saltato tutti gli ostacoli.

Il bancario trasuda noia, accoglie con benevolenza l'anziano che gli racconta i suoi sudori, i suoi sogni, i suoi trascorsi nascosti. Il poeta al bancario parla d'amore e improvvisamente nasce la fiaccola di un desiderio strano, che per il poeta è desiderio di denaro e per il bancario perdita di tempo. Quindi il bancario, che non ha parola e percepisce soltanto, varia da sillaba a sillaba, coltiva un gerundio senza fine.

Non si possono coniugare i verbi in banca, si può solo parlare di materia cifrata, di cose sottratte, di cose aggiunte. Il bancario addiziona, scolpisce, esalta la parola forza. E non capisce che la forza del poeta è la sua debolezza.

Quando Titano se ne andò, me ne andai anch'io. "Me ne vado per sempre," dissi a quella casa così canterina e così triste a un tempo, e chiusi per sempre la gabbia della mia vita. Per la verità entrai in una specie di babele: quando cercavo di parlare, la mia lingua si confondeva, ripeteva sempre le stesse parole e la più grande era “paura”. Paura dell’ignobile amore. Non dell’amore divino che fa cantare, ma dell’amore dei vicoli bassi, l’amore della prostituzione.

Se n’è andata, ma tornerà. O, per lo meno, credo che torni. Non è mai stata via da casa per più di due giorni. Quello che non capisco è perché abbia rubato, ma soprattutto chi abbia derubato. Sono un uomo così semplice, così facile. Tante volte lei di notte si lamentava e mi diceva: “Titano, ma lo sa che da me non hanno mai rubato niente?” Le avevo chiesto se questo la faceva sentire povera, se aveva bisogno di un ladro vero, ma non mi sentivo di rubarle le sue povere cose. Era carta ammassata in un cassetto insieme a mozziconi di sigarette e a qualche scarpa spaiata. Mi gridava perché non portavo scarpe leggere, perché le sporcavo sempre il pavimento. Lo facevo apposta, così lei doveva pulire la casa tutto il giorno e io ero sicuro che non mi avrebbe tradito. A volte suonavo il citofono. Approfittavo sempre della pioggia per trovare una scusa e dirle che avevo bisogno di salire per prendere l’ombrello. In realtà volevo vederla, ma lei mi mandava fuori in malo modo, dicendo che doveva lavorare. Odiavo i suoi editori, odiavo Costanzo, quella sera dalla trasmissione era tornata stanca e febbricitante. Anche i suoi vicini mi guardavano male. Quell’inverno faceva un freddo pungente. Cercavo di scaldarla tra le mie braccia, ma aveva sempre la febbre. Per via dell’asma del custode avevano spento del tutto i caloriferi o quasi. Le dicevo di avere pazienza. Poi improvvisamente quella febbre così alta, il medico che non veniva... Dalla visita al San Paolo tornò afflitta. In casa faceva molto freddo. Al mattino me ne andai via. L’avevo lasciata dormire. Parlava tutta la notte, lei, e io la guardavo e le dicevo: “Alda, ma come fanno a considerarti pazza?” Mi aveva detto la solita storia, che sarebbero venuti i suoi figli. Ogni domenica si illudeva e ogni domenica non veniva nessuno. Forse quel giorno non ne poté più: aveva vinto il premio Montale e si era accorta che era un bluff. Fece le valigie e sparì. Tentai di cercarla, ma mi buttarono fuori dall'albergo dove si era rifugiata. Era andata via per non vedermi più. Io so che è scappata per non vedermi morire.

Ogni bambino ha un suo stabile terreno di vita, ma dove nasca un poeta non lo sa nessuno. In quale valle dell'Eden lui cresca nessuno lo sa. Il poeta è un angelo e ha rotazioni angeliche, non consulta mai gli astri perché il poeta è un centro di vita e conosce tutti gli astri del mondo e tutte le lune gli sono malevole.

Non è un sortilegio il poeta, è una fata che vuole che il suo Pinocchio diventi carne. Ma intanto è la fata a morire, a trovare una tomba in un difficile camposanto, a respirare aria di terra, a diventare limone. Mentre lui, il burattino, gioca, gioca e si infiamma e diventa solo legno da ardere.

Il sei gennaio Titano se ne andò come era venuto, a morire su una panchina. Disse che il verde delle panchine è il verde delle valli, il verde delle fontane. L'abbracciai, gli tolsi le chiavi di mano e me ne andai. Mi accolse la stanza di un'osteria. Ho chiesto agli amici, dopo cinque mesi, se l'hanno rivisto. Ma so di sicuro che Titano è morto.

In un inverno altissimo e presente ho incontrato Titano pieno di rose, e per il mio passaggio ha deposto un mantello sulla strada.

Era un inverno pieno di dolore, dove la solitudine affamata sembrava vendemmiare il passato.

Un uomo maledetto, ma non tanto da non avere parole di quiete e argini di desiderio.

Una Circe tentava di richiamarmi al mio destino di grazia. Io cercavo un fondo di bottiglia e mi venivano in mente le battaglie e il gioco della guerra. Di quest'uomo non seppi nulla, non aveva taglie nel torso che facessero sperare nell'ammutinamento dei poeti.

Gli domandavo nelle sordi notti se mai avesse sentito quel fragore di guerra che mi fece movimento attivo.

Nelle notti della vita lui mi diceva che era nato a Pasqua, che le campane erano festose e la sua vita un gioco giovanile.

Poi aggiungeva: "Se la luna è forte e fa salire i sensi fino agli occhi, prova a desiderare una fanciulla."

Mi sembrò una molecola del mondo quell'assurdo Titano senza guerra, che non sapeva cosa fosse un fucile, ma triturava in cuore le ragazze, conosceva le battaglie dell'amore. E tanto mi bastava.

Di notte gli insegnavo mestamente il mio passato, lui lo trovava un poco più scurrile delle vecchie prigioni maledette.

Caro Curcio,

l'uomo può diventare un felino e io sono la tua libertà e tu la mia. Abitiamo felici tra il fragore del mondo, pur essendo divisi. La legge non sa che anche i prigionieri parlano con l'aria. Le scuole, il dolore delle scuole, i primi endecasillabi, la falsa musica del verso, le aritmie del cuore. Quando si è innamorati il cuore non ha un bel rendimento e nemmeno la digestione.

Mi è cresciuta un'enorme pancia, come se avessi inghiottito tanta speranza e un giubilo così forte da farmi scoppiare. In questo malo modo l'uomo somatizza le sue colpe. La febbre. Ho avuto febbri altissime che non ho mai misurato, ma più che altro era una grande ribellione e soprattutto una congiura contro me sola, ardentissima, contro l'unica sbarra del ricordo. Ho amato tanto questa sbarra, sai, e mi è sembrata lo stelo poderoso di un fiore.

Tu non sai quante volte bacio i cancelli di casa mia che si aprono soltanto se citofono alla pazza della porta accanto. E lei mi lascia fuori come un mendico. Ma io servo la sua nudità, la sua avarizia e il suo vangelo assassino. Non c'è niente, Curcio, che mi possa far morire. Adesso mi sento eterna, ma non perché mi hanno dato il premio Montale. Mi sento eterna perché sto nel mezzo dell'amore, nel mezzo di quella grotta che si chiama amore, abitacolo nuovo e infernale dove divento l'imperscrutabile poetessa e vita medesima di Apollo.

La mitologia, questo continuo paragonare le nostre passioni a quelle degli dei, questo sentirsi dei, questo ridere delle nostre disgrazie e delle povertà naturali, questo essere folli, questo essere prigionieri di qualcuno, io della pazza della porta accanto e tu della legge. In fondo, nelle prigioni si sta al caldo, c'è sempre qualcuno che ti insulta e ti fa espiare il paradiso grande della letteratura.

E così ti saluto, ancora una volta. Ti invio un bacio, gradevole, ma non del tutto puro, perché il poeta non è mai puro, non lo deve essere.

Nel cielo di mezzanotte un angelo volava e una mesta canzone volando egli cantava. Ascoltavano le stelle, ascoltavano il sole, le nuvole e la luna. Egli portava in terra un'anima bambina per farle conoscere la guerra e l'amara disciplina della canzone.

Rimasero vive le note sole e non già le parole. A lungo qui nel mondo, presa da nostalgia, languì la dolce e soave melodia dei cieli. Non poterono colmare di questa terra misera i tediosi canti.

Davide era l'uomo in assoluto, critico dell'ambiente, critico di se stesso, critico dei critici. Quello che non si sente in Davide è la pesante teologia di quartiere. Davide riuscì con un balzo unico, quasi felino, a superare le barriere dell'interdizione. Apostolo di grande misura, non inquinato né inquinabile, gioioso per ogni bella donna, festoso fino all'inverosimile per un bel volto. Ebbe in dotazione la grazia suprema della poesia, oltre all'inferno della sua fede, che andava e veniva in lui come l'acqua di un fiume. La tenebra di Davide fu anche la sua luce. Ma colui che rimuove le tenebre è il poeta, il più grande peccatore che io conosca. Solare è il poeta come le campane. E il pieno della solitudine di Davide non fu l'accidente di Davide, ma il suo notturno umano.

È come se a me a volte chiedessero se ho visto Dio. Certo che l'ho visto, perché altrimenti non potrei scrivere. Ma non aveva misura d'uomo, né linguaggio d'uomo, né volto d'uomo. E chiunque l'abbia conosciuto o inteso scalza a priori qualsiasi controfigura di Dio, per quanto bella e necessaria. Non è disamore per l'uomo e per la donna, ma è la noncuranza per qualcosa d'imperfetto che è fatto solo di triboli e d'impazienze, di voglia di giacere con la propria madre e di lasciarla. Tutte cose che non accadono nel tempo di Dio.

Si ha paura di incontrare la sua eternità di cui i poeti pregustano il terreno migliore. Ogni bell'uomo e ogni bella donna sono l'esempio clamoroso che Dio è creatore e, come disse un frate, che Dio ha buon gusto. Vorrei che il terreno di Dio fosse cosparso di bella gente. Perché l'olocausto migliore che l'uomo può offrire a Dio è di perfezionare la propria bellezza per dire: "Io sono tuo figlio."

Ogni uomo nasce santo e l'assassino è soltanto l'emulo del più pio, l'invidioso del più perfetto, il meno ricco. Perciò l'ira, e tutto ciò che deforma la nostra faccia, che non l'allieta e che non dà corda al nostro canto, è peccato.

Davide accoglieva sul suo pacifico seno donne e uomini indiscriminatamente, perché in natura non c'è varietà di sesso se non per la procreazione.

Il libro che più mi ha ammaestrato è la Bibbia. E la Bibbia va letta così, aprendola a caso e chiedendo a Dio la risposta al proprio tormento. Le prime parole che ti saltano agli occhi saranno la risposta della tua legge.

Coloro che divorano romanzi per poter dire "Ho quel tal corredo di cultura" sono in un deplorevole inganno, perché la cultura divina non si impara sui codici terreni, è quella che comunemente hanno gli uomini prescelti e che si chiama scienza infusa. Per cui, domandare cosa ho studiato, dove ho imparato, è una delle più grosse scurrilità che possano fare gli altri a carico dei poeti, che non sapranno mai spiegare cos'è quella bella donna che li affascina, li intristisce e li disarma, e che a volte li lascia per lungo tempo. Perché è vero che esiste la follia, ma è anche vero che chi è folle non sa scrivere.

Io mi domando se un uomo e una donna non abbiano diritto di morire quando vogliono e per le ragioni meno chiare di questo mondo. D'altra parte io penso anche che non si muoia propriamente d'amore ma di una lunga serie di disagi, di paure, di accertamenti interni. Quando si trova la compagna o il compagno della propria fine, la si guarda e la si aspetta con un grande sorriso.

Ma anche la morte per amore non è orribile e dovrebbe essere la fine più dolce che Dio concede.

Non vorrei parlare sempre di cose tristi, mi viene quasi innaturale, ma questi sono i miei pensieri notturni, sono le aquile notturne. Le rondini non cantano più, sono troppo piccole per quella macroscopica vicenda che è l'odio. Quando la gente mi riconosce e mi ferma per strada dico: "Alda Merini non sono io, sono la sosia," e cerco di scappare.

L'amore per padre Richard era stato un amore adulto e fortemente sofferto. Giungere alla maturità dell'anima e del corpo vuol dire soffrire senza aiuti il peggiore degli spasimi.

E io ero crollata proprio sul punto di questa lunga catena di risoluzioni.

Padre Richard era imperativo, giovane, aggressivo e superbo.

E soprattutto era un genio analogo a Titano, che però è un fanciullone da nulla, uno che si contenta delle chicche della nonna, uno che razzola nel polverone dell'aia.

Ricordo invece il fasto della chiesa di Sant'Angelo.

Rapportato al nostro povero amore mi pare, quello, un fasto oramai inavvicinabile.

Però Titano dorme molto e a lungo. Con lui almeno ho riguadagnato quelle raccapricciatnti insonnie dovute al custode.

Quando un amante ti perde significa che è un vigliacco.
Quando un amante non riesce a perderti è un ladro.

Io e Casiraghi, con il nostro amore pieno di speranza, non ci siamo mai sfiorati né le labbra né il cuore, perché entrambi pensiamo di appartenere allo stesso Nume che ci ha governati fin qui. Estremi vassalli del dovere di scrivere, non ci concediamo piaceri, pause, lasciapassare. Alla dogana del sentimento noi chiudiamo gli occhi perché abbiamo un sepolcreto nascosto. Portiamo in giro un amore morto e, come tanti innamorati, siamo diventati purissimi simulacri. Non vogliamo più piangere. Entrambi egoisti fino allo spasimo, gelosi che l'uno possa guardare nel profondo dell'animo dell'altro, non osiamo neppure sperare di diventare amici e ci copriamo di quel letame immondo che la gente chiama cultura. La cultura oggi è un vero letamaio. È un letamaio che taluni riescono a far fruttare, ma che non fa germogliare il seme di poeti veri.

Raboni, specchio della mia anima.

Vanni Scheiwiller, candido come la neve, ma ancora troppo ragazzo per scoprire gli insulti del destino.

Il padre di Vanni, un grande Chateaubriand pieno di ombrelli e di ripostigli che va a Roma in bicicletta soltanto per far fuggire i colombi del suo turpiloquio: un vecchio sapiente, un grande magrissimo editore.

Ezra Pound, soffocato nella poltrona.

Betocchi, appena schiuso come un fiore.

Campana così analitico, profondo e sprezzante, ospite diuturno di un manicomio civile, oriundo di una palpebra d'amore, della palpebra fissa dell'acuto sospetto.

Schwarz che abita ormai in via del Gesù.

Sono tanti gli errabondi del destino, gli ebrei erranti di questa grande libreria di cui faccio parte. Il lato più sussurrato, più nascosto, più inatteso, forse più prezioso è però quello meno caro a tutti, perché per tutti io sono pazza. Ho intorno un tale vuoto di solitudine, di pettegolezzo. Un ambiente, una scatola, una valvola chiusa all'infinito può generare un delitto mortale su se stessi.

Ho pianto prima di cantarti, Guido, perché anche tu hai le tue eriche e anche tu hai lucidato forse le caviglie dei potenti che non avevano una mente sana.

E ti sei ammalato su quelle miserevoli scarpe, sapendo che avrebbero fatto un cammino inverso, il cammino dei potenti, il cammino di eterna conquista al gran paradiso della violenza.

E allora, Guido, stammi a sentire.

Lui era il mio pastrano, Guido, quello che la sera ponevo sulle ginocchia come scaldino.

E in forza della sua bella memoria io, Guido, mi sentivo malata, ed era una malattia così dolce quello scaldarsi alle ginocchia di lui ormai vecchie, tremule.

Ma anche questo scaldino mi fu tolto dalle lenzuola prima del rapimento estremo.

Perché dimenticarsi di lui e della sua grande eredità, dei suoi grandi libri che aveva lasciato a me sola?

Io e Titano siamo due attori ormai vecchi, vissuti, che fingono di volersi bene e dormono nello stesso letto. E tante volte si masturbano insieme, uno pensando alla ragazza e l'altra pensando a Gerardo. Ma il buffo è che prima di cominciare questo rituale, noi ce lo comunichiamo dandoci del lei, non del tu.

Però io e Titano sappiamo una cosa fondamentale: che siamo malati, che siamo due grandi malati di vita.

Era ricco Titano, molto ricco, talmente ricco che buttò tutto al vento per odio verso suo padre, un po' come fece Francesco, e si trovò a morire su una panchina. Lì lo salvai, perché anch'io, come Titano, sono stata derubata da gente più furba di me. Il poveraccio mi ha guardato da dietro le sbarre e io gliel'ho aperte. Anche lui ha aperto le mie e poi mi ha incarcerata di nuovo.

Noi sappiamo che la libertà non ha prezzo e che è meglio morire per strada piuttosto che tra le laconiche mura di casa nostra.

Ho scritto sempre come in uno stato sonnambolico. L'igiene mentale è un lavaggio di cervello delle cose che a te sono più care e vitali per la vita della memoria. Come ad esempio i tuoi figli, e la vita sublime di Giorgio Manganelli.

Ancora mi agita il dolore della sua morte. Ho sempre avuto l'impressione, da quel tristissimo giugno, che da Roma non mi venisse più nessun impatto con il sole e quindi con la vita. Perciò ho lasciato la tapparella a mezz'asta come una bandiera di lutto. Ma Manganelli è stato, oltre che il mio pigmalione, qualche cosa che andava al di là del bene e del male, persino del mio personale amore per lui.

Entrambi trecentisti, ed entrambi focosi nella passione e nell'esistenza, abbiamo sempre esasperato la nostra amicizia. Fino a farla diventare canto di neve. Un dato di elezione immaginifica che avrebbe fatto invidia a Gabriele D'Annunzio.

Quei quattro anni di tensione rimarchevole avevano dato vita alla nostra canzone e infine alla nostra piccola morte, grande e sublime morte dei sensi. Tutta la cattività onerosa del principio dell'esistenza, tutta l'interna filosofia della giovinezza erano confluiti in quella palude di sogno che poi è diventata la scrittura di Manganelli. Del resto una scrittura così nobile e così blasonata non poteva confondersi con i sarcofaghi degli altri romanzi. E fieramente sostengo che anche questa morte avrà un avvenire storico, e storica sarà la sua licenza a tornare a sorridere della nostra vita.

Che senso ha, quindi, parlare del nostro primo incontro e dei nostri primi disagi da innamorati, della nervosa dovizia di farmaci di parole che mi propinava Giorgio, per me abbastanza vecchio e per sé abbastanza giovane da potermi sorridere.

Era il più venerando della catena di letterati che urgevano in via del Torchio. Ma anche il più gioviale e attento. Era insomma il mio Giovenale. Per poter far cadere il mito della mia grandezza e della sua — gli mandavo lettere disperate dal mio letto ormai disadorno e vuoto di ogni interesse amoroso — occorreva sopprimere una così imponente figura di sogno. Una persona eletta e scurrile che aveva affondato le mani nella mitica palude della scrittura per portarne a galla i gioielli più portentosi.

Era stata una favola quella mia e di Manganelli, cui solo poteva stare a confronto il mito di Giasone, di Parsifal. E la vicenda del vello d'oro: andavamo alla ricerca di una copertura angosciosa di parole che avrebbe sublimato per entrambi una pelle ormai arida, scoperta, e soprattutto densa di calunnie onerose.

Avevo visto il suo corpo e mi era sembrato una scultura del cosmo, il ritmo dell'uomo che era in lui mi aveva presa. Uscita dalle congiure di Palazzo, avevo ascoltato la sua voce e mi era parsa vera magia di vita, vera vita. Mi domandavo a che punto cominciasse la realtà della mia vita privata e il sogno di lui. Nella sua nuca penso che le rondini avrebbero fatto il nido, e io ero la sua rondine preferita. Mi tiranneggiava, mi faceva vivere ai suoi piedi, lasciava che gli beccassi le scarpe e che gli cercassi col becco le labbra, tumultuosa come tutti gli uccelli. Ma non mi ha mai vista come una donna, per lui ero soltanto un volatile che aveva freddo e che a tratti si sentiva gentile. Un volatile che viaggiava in stormi ma che era diseguale rispetto al cammino degli altri, perché aveva l'anima rotta dalle alterne vicende della vita. Anche lui mi offese perché non camminavo bene, perché non sapevo fare all'amore, e perché cantavo alla sua finestra in momenti inadatti. Finii per tornare nell'anfratto del mio povero albero sommerso. Trasudavo ricordi e congiure, ciò che avveniva di notte di contro alla pensilina del mio pensiero era inenarrabile. Mi svegliavo seminuda come se le mani di mille demoni mi avessero aperto la vagina e guardato dentro, e come se mille insulti mi avessero toccata per lasciarmi lì, veri trionfatori della parola angosciosa. Morivo di pianto e di fame e mi calunniavo a mia volta. Se raggiungevo la Chiesa era per strapparne i drappi funebri e per sentire le voci dei morti. Mi portarono via quasi morente. Ma nessuno, tranne i frati di Sant'Angelo, sanno che è stato vero.

Richard era come un pane caldo d'amore. Pane pieno di figure. La sua carità era umana, proprio come quella di Davide. In questa carità forse c'era anche l'amore carnale, perché l'uomo è fatto d'amore ed è fatto di piacere. Ma il piacere, alla mia età, può condurre a una morte limitrofa, a una morte stanca e vissuta alla periferia del mistero.

I baci appassionati di Titano mi prendevano in modo vertiginoso, mi davano un lungo riposo e avevano la meglio sulla mia paura. Quella paura era tensione e grande desiderio di poter conoscere la verità sulla natura della follia.

Titano mi aveva detto che semmai avessi tentato di ucciderlo, lui si sarebbe adontato, perché a suo parere la morte può venire solo dal cielo.

Ho sempre rifiutato a priori l'idea di poter piacere a qualcuno: il mio aspetto, la mia logorrea e poi quella voglia di tradire i principi migliori, mi rendevano antipatica ai miei stessi occhi. Ma quando tornavo la sera nelle sue braccia forti che emanavano quel singolare calore della carne, quell'odore di selvatico e impuro, i miei sensi risuscitavano.

Titano era una figura che si sgretolava giorno per giorno finendo in mille pietre nelle mie mani. Pietre che poi diventavano gioielli.

A me non rimaneva che accucciarmi a terra come una siepe in calore, in vena di mettere gemme, e Titano, che era un buon soccorritore, aveva quel che si dice il pollice verde.

Allevava nel suo giardino le giovani più disparate e si faceva precursore di un ermetismo formidabile, che stranamente mi faceva pensare all'amore di Salvatore Quasimodo.

Avevo proposto a Milano di parlare del grande maestro e delle sue interne eresie, che poi erano una grande fede poetica. Ma nessuno voleva toccare questo mito orrendo e stupendo, questo mostro sacro della letteratura.

Contrariamente a quanto si possa pensare, Quasimodo era un uomo buono e pacifico, ben lontano dalle guerre anche filistee che si combattono in seno alla letteratura italiana. Ma, da buon siciliano, aveva la lingua salace e pungente e difendeva la sua terra stringendo i pugni sui seni della sua santa poesia.

Quasimodo era tramontato alle mie spalle come il flusso di un sole lungo un'antica giornata di dormiveglia. Difficile era stato staccarmi da quel ricordo aureo e paterno, insieme al culto di una cultura che aveva il dogma della chiusura ermetica.

Solo dopo aver conosciuto la Sicilia ero riuscita a dimenticare Salvatore Quasimodo, che rimaneva equidistante tra sud e nord come una voce in perpendicolo.

Titano diffidava di sé perché diffidava degli altri, e io mi trovavo abbracciata a lui come in un'isola deserta.

Il nostro linguaggio, che era il comune linguaggio dell'amore, noi lo consideravamo un esperanto strano, una lingua diversa che di fatto non conoscevamo né lui né io: la notizia fresca di un amore bambino.

Eravamo due grossi fanciulloni tenuti al caldo da una mano di ferro che era la volontà degli altri. Ma era tanta la nostra pulizia morale che anche in mezzo a queste orrende sevizie né io né Titano avvertivamo che la vita fosse una cosa da brivido.

Mi aveva detto nei tempi passati Michele Pero: "Tu sei un'avventuriera dell'anima." In fondo una ladra, una rubacuori, ma soprattutto una bambina che sta bene nel fine cesello della sua infanzia, dove ora eravamo io e Titano.

Nessuno avrebbe creduto che il nostro amore arrivasse alla contemplazione del corpo nudo, proprio come fanno i bambini.

Forse ciò che ho detto di Titano non è del tutto vero. Forse qualche reverenza per i frati ce l'aveva pure, se guardava intensamente e con amore i capi di vestiario che loro giornalmente gli offrivano.

Lo avevo mandato proprio io alla chiesa, sperando che trovasse il pane caldo della fede e qualche suggerimento da oratorio. Ma proprio lì, nei primi oratori della sua infanzia, aveva cominciato ad alzare il gomito.

Io dormivo saporitamente tra le sue braccia come un cucciolo con la mamma. E lui mi diceva: "Di notte lei non fiata nemmeno se sto ore e ore a guardarla dormire."

So che mi proteggeva, a modo suo, dal suo mondo di emarginato.

Per rimandarlo fuori al mattino mi toccava dargli una buona mancia. E lui mi urlava contro: "Anche se lo va a dire, a lei non crede nessuno." Gli allungavo un ceffone e lui mi prendeva la mano e me la baciava nel palmo: "Ci vuol altro, gentile signora, per far paura a una bestia come me."

Gli dicevo che sì, era una bestia, ma per lo meno quando non aveva fame se ne stava tranquillo e si accucciava nel cavo del mio letto.

Titano mi aveva fiocinato e io mi ero lasciata prendere alla sua lenza.

Stavo nuotando a fior d'acqua.

Ma quando giungevo alla cima del desiderio e all'infame consolazione delle sue braccia, il Naviglio e i medici stessi trovavano da ridire.

Si dice che il barbone sia un'invenzione milanese, un'invenzione del vernacolo. Ma non è poi così velleitaria la sorte dei barboni che scelgono una vita sognante e priva di incantesimi reali.

Il barbone rifiuta l'allucinazione patogena di ciò che gli viene proposto come sistematico e reale.

Sta di fatto che la fisicità mentale accade quando uno rientra nella totalità dell'ascolto pelvico, e chiamo ascolto pelvico quel muoversi tra le pareti di un utero: l'unità di pensiero.

E poi noi ci domandiamo come mai venga scalzato un amore che ha forma reale e redditizia a livello di anormalità.

Quel conto con Titano lo avevo pagato salato, perché ogni giorno, come i bambini, mi chiedeva i soldi per il caffè e voleva fare bella figura con gli amici. I suoi amici erano gente insolente e insolvibile, e stavano alla sua erudizione molto sommaria, ma soprattutto avevano paura della sua mole.

Ciò che mi piaceva in Titano era che parlava un italiano correttissimo, e chiamava le cicche "mozziconi".

Si adagiava nel plenilunio come una fata e a volte mi strappava risate fino alle lacrime.

Bisognava avere voce per sopraffarlo, in quanto Titano appena poteva mungeva a più non posso e non soltanto del sesso.

Aveva i capelli del porcospino e se li tagliava poco e male.

Non conosceva il parrucchiere e aveva idee personalissime sul movimento del sole e della terra.

Durante la guerra del Golfo si era infognato nelle osterie e aveva pianto fino alle lacrime la mancanza di vino.

Titano di donne se ne intendeva e andava dicendo in giro che avevo una pelle sobria e vellutata. E di fatto era così. L'ibernazione ospedaliera aveva tenuto in vita certe venuzze leggermente diafane e appena accennate. Il non commercio carnale aveva fatto sì che avessi la resa di una ragazzetta e questo faceva invidia alle signore del Naviglio.

Ma soprattutto Titano era il mio inverno, il mio inverno con le foglie ingiallite e basse, con quell'aria tra lo stupido e il sornione e il riso faceto, fanciullesco, di chi non vuole badare a se stesso.

Cercavo di tenere in ordine la casa e me lo trovavo sempre tra i piedi con quelle sue zampacce luride che ti toccavano ora i seni, ora le caviglie, stando a dimostrare che, dopo tutto, ti era riconoscente.

Ma riconoscente gli ero anch'io che bene o male gli truffavo le notti.

Truffare le notti a Titano era difficile, ma fingevo un amore che non c'era o che si era così accaldato da dare il via a una nuova invenzione.

Se Titano aveva scelto il barbonaggio, io avevo scelto la follia.

Ma forse nessuno dei due era abbastanza convinto della propria decisione. Tanto che a volte avevamo bisogno di sentire i nostri diversi pareri. E su questo punto non trovavamo mai un accordo.

Gli rinfacciavo di avere bisogno di un letto caldo quando, dopo tutto, aveva scelto la strada. Ma in fondo io, per poter scrivere, avevo scelto di trascinarlo fino a casa mia.

Avevo provato per padre Richard il piacere della colpa attraverso l'esonero della colpa medesima. Esiste uno stato di traslazione dei sensi, di dubbia voracità della mente, in cui l'anima assetata di amore spalanca la bocca come un bambino ammalato che chiede respiro di vita. I carnefici versavano veleno dentro la nostra fame così smisurata e forte. Richard allora si metteva in bocca un fiore e me lo dava come cibo già masticato dal vizio. Per quel poco pane, per quella spugna di acqua imbevuta nell'aceto, io ero innamorata e sconvolta.

Forse nessuno aveva avuto sentore di quel teatro orribile che mi stava alle spalle. Lui era l'unico burattinaio. Lui muoveva da anni questa lingua tempestosa e difficile, come un regista che sta sotto il palcoscenico e non si fa vedere. Per anni avevo danzato soltanto per lui e per anni soltanto lui poteva sbirciare sotto le mie gonnelle. Tenendo conto e sapendo che una grossa malia mi faceva vivere e morire sul palcoscenico del mio io.

Per fortuna Titano non ha sentimento né onore e se ne frega totalmente. Tanto che, quando cammina sulla terra, sembra camminare sul paradiso terrestre. Se ha fame cava fuori la prima mela dall'albero maestro. Quello che dovrebbe portare in salvo la prima scialuppa.

Fu in quell'incontro sublime sull'erba, quell'incontro bucolico e senza speranza che tutti e due insieme, Manganelli e io, bruciammo l'incanto delle nostre vecchie mani per entrare nel forsennato castello dei sogni. Dove tutto, anche la nostra cecità interiore, venne distrutto per fare posto a un disegno e a una visualizzazione della vita più adulta e certamente più profetica.

Manganelli non avrebbe mai osato chiedermi il dono prezioso dell'amore.

Ricordo benissimo il suo sorriso un po' sghembo, gonfio di infantile curiosità. A me quella figura di uomo ventisettenne pareva cosa vecchia e scontata, mentre era giovane e ardente come amatore o paladino.

Dal mio letto spesso gli scrivevo lunghe lettere, in cui deprecavo lo sconcio degli ambienti del centro di igiene mentale. E Giorgio tanto se ne accorava di questo stupido e ignorante ricatto, facendo conto delle mie passate virtù letterarie e dei miei giovanili ardori. Era scontento e amareggiato per quanto mi era accaduto e mi stava a fianco come un ricercatore assoluto. Finché le sue ossa furono tragicamente infrante.

Per quattro anni Michele tardò il matrimonio. E andava gridandomi al telefono che lasciassi padre Richard, che non era cosa per me, che mi avviava verso la delinquenza. Oggi Richard è un vuoto d'amore, è diventato quasi un santo. A lui le mie poesie piacevano, le leggeva e le trovava straordinarie. Tanto che se le mise nel cassetto. Lo stesso cassetto ora è di Titano, ma poesie non ce ne sono più.

È bello al mattino quando apri le finestre respirare l'aria fresca del Naviglio e l'odore dell'acqua che lava i giardini. Si sente fresco, una frescura ventenne. Ettore e io ci mettevamo al balcone a respirare a pieni polmoni, mano nella mano, ridenti e felici come due ragazzi. A mio marito la nostra casa piaceva, la trovava sistematica e pura.

Avevo io, essendo ragazzina bennata, un bambolotto di celluloide che rimase l'unico mio giocattolo per anni. Il bambolotto finì per essere talmente uguale a se stesso che un giorno volli operarlo per trovare la molla della sua identità. Il bambolotto grassoccio, ridente, con le mani aperte come quelle del Bambin Gesù, non emise suono e non disse una parola. Rimase una bambola sventrata che io riempii di crusca. Così è avvenuto più tardi con un uomo che ho molto amato, e che era Giorgio Manganelli.

Quando ieri Gerardo cantava in automobile, il cuore mi si straziava.

Pensavo alle bellissime canzoni che Richard scriveva per me e che mi cantava con voce ineguagliabile. Era un tenore di grazia, proprio come mio padre. E la sua voce percorreva tutta la chiesa come una profonda, lievissima carezza. Quando cominciava a cantare fuggivo dal chiostro e andavo a piangere sopra una panchina di pietra. Dove il barbone del delirio veniva a consolarmi stringendomi tra le sue braccia sporche.

Gerardo somiglia molto a mio marito e in qualche modo pretendo che si comporti come lui. Pretendo che abbia la stessa cura e che stranamente si ricordi di avere vissuto con me il manicomio, e che mi copra di grazia e di riguardo, proprio come aveva fatto Ettore dopo la mia resurrezione.

Ciò che Gerardo non capisce è questo: che mio marito è morto e che non posso più dire a nessuno che sono stanca, vecchia, viscerale come una madre. Ma prorompente di amore come una qualsiasi amante. Io stessa so benissimo di non poter uscire dal mio pantano.

Amai teneramente un piccolo carabiniere giovane nell'aspetto, focoso e prorompente di grazia. Il carabiniere mi aveva vista piangere mentre andavo al giornale a raccontare inevitabilmente i rutti del mio passato. Gli avevo chiesto della camomilla e un po' di miele per la tosse.

Il carabiniere arrivò la sera e non portò nulla, ma disse che era pronto a essere il mio scudiero. Mi fece profferte d'amore e navigò nell'aria come tutti i ragazzi. Cominciai a raccontargli della mia triste lotta per la legge Basaglia. Ma il carabiniere teneva gli occhi fissi sul mio corpetto e non me li levava di dosso. Rimasi di stucco quando il giorno dopo la camomilla continuò a mancare.

Ogni uomo ha una moglie fin da bambino, se la sceglie tutto solo come un re per quando diventerà grande. Quella moglie non la troverà mai, ma si sente sposato dalla primissima infanzia. L'uomo nasce sposato, specialmente se è un intellettuale. Ne impalmerà molte, ne lascerà altrettante infelici, ma l'uomo serio del nostro secolo non ha mai deflorato nessuna donna.

Gli uomini soffrono per il mondo, per la poesia e non hanno il tempo di amare. E se amano, la donna deve essere disposta a seguirli senza lasciarli mai, senza dire loro che ha fame, freddo e bisogno d'amore. Sono quelle femmine erronee e private che morranno di passione e di stenti, ma con questi uomini faranno le grandi guerre quando non le grandi congiure. Alle donne non spetta nulla. Il palpito di un libro appena sfornato, un grazie per la terza pagina, e niente altro. La crudeltà di questi uomini nei loro confronti è orrenda, ma per la massa la loro carità è enorme.

Quindi la donna deve sparire mentre lui, uomo vittorioso e non fragile, se la trascina per i capelli su e giù nelle sue gloriose scorribande d'amore. Ma nessuna lotta sarebbe mai possibile se non ci fosse una donna destinata a seguirlo, a morire per lui. Purché non abbia la presunzione di essere un poco uomo e un poco pazza come qualsiasi eroe.

I pugnali di Guido sono puramente poetici. Va in giro armato per riuscire liberamente a cantare. La sua giacca stropicciata indica quanto si stropicci da solo nei pensieri. Nessuno riuscirà mai a stirargli le giacche.

Quindi Titano era capitato per caso, durante il delirio. Per caso, come tanti altri malfattori che sapevano del manicomio passato. A quel tempo mi ero tolta, estratto quel dente da tanti anni. Ero felice ormai di avere dimenticato tutto l'amore per padre Richard. Era una prova della mia degradata follia. Ne avevo inventata una nuova. Una follia fatta un po' di analisi, un po' di amore, di molta volontà, di molti sogni e di grandi nevralgie.

Tenevo d'occhio una cosa che mi interessava molto, un certo potere nascosto, un orrendo potere psichiatrico che era quello della fine dei figli. Non potevo condannare uno stupro morale e fisico quando questa gente era stata avvertita di un mio brutto passato.

Tra me e Titano c'era una lamina sottile, una membrana felice di ascolto.

Quando andavamo a letto cadeva per noi un silenzioso sipario, appena velato, contro il quale ciascuno di noi piangeva silenziosamente. Se gli dicevo che era stato in galera, Titano mi picchiava e si metteva a urlare: "Mi dia le prove." Ma le prove io le avevo, perché di lui sapevo ogni cosa.

A mia volta non potevo vederlo elegante e libero senza provare una profonda invidia e una grande voglia di calpestare quell'uomo viscido e raccolto che stava entrandomi nei recessi dell'anima. Malediceva la mafia, ma malediceva anche Falcone e mi diceva che lui era il migliore subodorate del mondo.

I miei penosi soldi nelle mani di Titano erano poca cenere che lui si buttava dietro alle spalle come Pollicino, per ricordarsi la via del ritorno.

Titano è arrivato nella mia vita quando Dio è scomparso. E quando ho visto che un qualsiasi disgraziato poteva scardinare la Chiesa. La Chiesa era per me la molla vitale della vita. Era la vita medesima. Ma un giorno il custode vigliacco mi accusò. Mi accusò di frenesia religiosa, di mania religiosa, o meglio, di lascivia religiosa. Una cosa per me insopportabile è che la Chiesa non mi difese. Così lasciai anche la Chiesa.

Alberto è un resoconto speciale, a volte lo penso come un omino di burro intento a impastare formelle e dolcetti per la fantasia. Alberto ha un carisma, non vuole possedere, imbrogliare, capire. Vuole solo comporre, è, per così dire, una persona composita, assurda, indomabile. È un domatore di piccoli leoncini in gabbia come sono io. Entra da me a tutte le ore attraversando chili di spazzatura, non degnando nemmeno di uno sguardo la polvere dei libri, dei mobili, delle ragnatele.

Ogni tanto apre il palmo della mia mano, mi deposita un bacio e dice: "È l'ostia immacolata del nostro personale delitto."

Non mi ha mai toccata, non mi ha mai vista né nuda né vestita. Alberto non mi ha mai veduta. Mi ha solo sognata e cantata come avrebbe voluto che io fossi. Ho provato a portarlo sul mio letto e si è beatamente addormentato continuando il suo sogno. Così ha fatto Nicola, così fa Titano. Si addormentano sul mio letto come fossi la vecchia Petronilla del *Corrierino dei piccoli.* A volte urlo a Titano: "Ignorante Socrate, io sono la tua Santippe e voglio che tu ti avveleni." Allora Titano si volta verso di me e dice: «Be', è ora che lei mi dia un bacio."

Ad Alberto ne ho dette di tutti i colori. Gli telefono nelle ultime ore, nelle ore piccole della notte dicendo di portarmi un pacchetto di sigarette da Osnago. Ho disfatto tutti gli impianti di casa, la luce, il gas, il telefono, per costringerlo a ripararli, per farlo venire a casa mia. Quando gli ho proposto di sposarmi, Alberto mi ha chiesto il tempo di una settimana perché doveva pensare a una bambina. Quella bambina ero io.

La bellezza non è solo un fatto estetico. È un fatto giuridico. Più di una volta avevo sentito dire a padre Richard e ad altri preti che la bellezza, o almeno l'avvenenza di una donna, guastava il loro andamento religioso. L'andamento religioso è l'andare e venire fuori da una culla dell'infanzia, dove Dio beatamente mette gli uomini. In realtà la religione esige uomini di ferro e disposti a tutto, non certo a depositare i loro averi sessuali fuori del convento, in mezzo a carni fresche e ben lievitate.

Ieri sera, tornando con Gerardo e la sua amichetta, mi sono resa conto di quanto conoscessero bene il Naviglio nei posticini segreti, quei regni caldissimi dove si insinuano peccati e strane volontà d'amore.

Caro Guido,

che mese di solitudine senza la tua presenza, il tuo bel nome (come sono brutta di fronte a quello che scrivo), il tuo aspetto di uomo felicemente sposato con un ideale di poesia. Come ti ho aspettato. Anche la signora di fronte, non me lo diceva, ma si capiva che ti voleva vedere. Sei stato il principe e l'incipit di molte parole non dette, di molte bramosie librarie, di molti appetiti consumati celermente nelle trattorie del rione meno elegante. Tu e Roberto siete sempre stati i grandi misteri della mia vita, due grandi traditori dei miei ideali, ma anche due grandi mercanti di ideali. Non sono mai stata gelosa, Guiduccio, del tuo povero corpo, povero perché aggrappato alla routine di tutti i giorni, ma del tuo spirito molto, di quel tuo spirito un po' freddo, un po' calcolatore, molto e soprattutto prolifico, che sta esattamente nell'arco di una giornata. Nessun uomo è stato per me tanto nevralgico quanto te, nessun uomo mi ha dato tante delizie private. Comincio a credere che sia stato tu a sgombrare la mia casa dagli attriti, per capire cosa stava dietro quel robivecchi che era la menzogna della vita di una poetessa non più giovane. Non mi sono mai tinta i capelli e non lo farò mai. Da anni aspetto che diventino bianchi e che perdano quel cattivo inanellarsi che avevo quando ero una bambina, già una piccola nomade dei sogni, già una piccola emarginata, una bambina eternamente castigata che chissà perché avrebbe voluto avere un padre come te, che le insegnasse a giocare e non le mettesse più tra le mani un freddo libro di testo.

Chi mi ha affibbiato l'epiteto un poco doloroso di poetessa d'amore ha sbagliato. Non sono mai stata una donna d'amore e neanche una donna inane, ma una donna d'azione che ha scritto d'amore per forza, come grido di vendetta. Perché l'amore stimola alla vendetta.

Soffrire è un'arte. Bisogna imparare a soffrire. E soprattutto bisogna soffrire senza redimersi. Perché anche la panacea della Chiesa, che accoglie la tua confessione e decide che non peccherai più, è errata. La Chiesa sa benissimo che il peccatore è il suo migliore cliente, che la chiamerà a fronte della morte per dedicarle innumerevoli delitti. E la Chiesa lo assolverà, perché anche la Chiesa ha una sacrosanta paura della morte.

Chi non ha paura della morte è il poeta. Chi la sfida ogni giorno. Chi la cerca. Chi mangia cibi sbagliati, si alza a orari sbagliati, incontra persone sbagliate e decide di vivere in modo diverso è sempre e soltanto il poeta. Per la poesia la sua anima stravede, si appassiona e si doma. Il mio è un amore saffico. Non ho mai amato uomini se non quando li ho trovati rammolliti e dolcissimi.

IL SEQUESTRO

Manicomio è parola assai più grande
delle oscure voragini del sogno,
eppur veniva qualche volta al tempo
filamento di azzurro o una canzone
lontana di usignolo o si schiudeva
la tua bocca mordendo nell'azzurro
la menzogna feroce della vita.

Non so che conto ho io con la luna e non lo so se infine mi addormenta. So soltanto che non la guardo mai.

Una volta, se lei saliva al cielo era l'ora di essere al convento puntuale. La messa, e l'abbandono al tuo volere, e nascite più nuove.

Una volta sorgeva sovente sul minareto della tua follia.

Questa luna ora dovrebbe fustigarmi i lini.

Rituale di teatro.

La pazza: "Io sono una sedia, una sedia su cui non si siede mai nessuno. Non so se ci sono delle piastrelle o del linoleum o della vernice fresca. Chi mi ha verniciato le mani? Un secondino, immagino, ma ieri è venuta una visita. Una parola, pa-ro-la, parola, parola, mi bacia le labbra, pronuncio la parola.

"Perché sono stata muta per tanto tempo? Mi hanno messo vicino alla branda, anzi ai miei brandelli, una piccola ampolla d'aria.

"Certamente è Venere in festa, ma se io sono Venere gli amorini dove se ne sono andati? Parola di Venere, io riuscirò a tollerare questa vita d'inferno perché in fondo mia madre non era poi così cattiva."

Si siede affranta.

"Ho una memoria vaga di mia madre, doveva essere un

grosso cembalo, un oboe, una donna con una pancia e un fiato enorme, forse la musica.

"Mi domando perché mi lasciano sola.

"Ho parlato fino a ieri, però io non vedo ferite sulle mie mani, comincio a pensare di avere il sangue degli dei.

"Una sedia sola e per giunta rotta, nessun tavolo, non un po' d'inchiostro e il nero dell'inquietudine."

Entra uno zoppo, un gobbo, con l'aria festosa, e dice alla pazza: "Lo sai che sei simile a me?"

"Non è vero, io sono l'armonia."

"E chi ti ha detto che un gobbo non è armonico?»

La ragazza lo guarda: "Potresti essere la fede nell'armonia."

"Va bene, ma per quanto mi riguarda la fede non ha mai avuto un sorriso. Potresti almeno avere la carità di insegnarmi la fede."

"Non esiste una scuola per insegnare ciò che divora la carne, e cioè la passione."

"Sei una persona appassionata?"

"Credo di sì, se mi hanno rinchiusa."

Il gobbo si siede: "Dimmi che cos'è la passione."

"Una fede arida, una fede senza cammino."

"In che senso? Tu non vuoi raggiungere l'amato, lo vuoi solo spegnere?"

"È un assassino. No, una bugiarda. Parlare può essere più grave e più doloroso che muoversi."

"Non è che vuoi diventare un poeta?"

"Per carità. Ma vorrei essere un uomo. Forse non mi avrebbero rinchiusa."

"Secondo me hanno sbagliato."

"Può darsi, ma una passione non è morta."

"Allora tu puoi amarmi?"

"Non è così, è l'idea della passione che non è morta."

"Vuoi dire che la passione poteva esserci e non è stata?"

"È stata una questione di veggenza. Che morte della passione sarebbe stata la passione!"

"E allora?"

"Aspetto che passi, qui, tra quattro mura."

"Durerà tanto?"

"Gli astri mi hanno detto che sì, durerà tanto, dieci anni, dieci lunghissimi anni."

Compare un indovino sulla scena. Ha un mantello blu, in mano una scimitarra: "Per dio, io sono la folgorazione degli dei. Non c'è mai stato un essere che non si sia piegato alla mia passione di indovino. A me indovino? A me persona certa che può provare le proprie verità, i corsi della luna, le ambasce del sole, questo corteo di cose che gli uomini non possono capire. Loro non comprendono che sono governati dagli astri che si muovono a ripetizione, che sono degli emeriti rimbambiti. La natura ha dato loro gambe, spalle, braccia, occhi soltanto per seguire gli indovini. Per la plebe, gente plebea che viene a chiedere a me che cosa ne sarà del loro domani, io sono più del medico, più del prete, più di dio medesimo. Io posso anche maledire questa razza ignobile. Roba da oratorio. Però, pensate un po', non posso nutrire amore, altrimenti dovrei andare a mia volta da un indovino. Quindi sono un arciprete, o un arcidiavolo, o la faccia di Belzebù in persona.

"Voglio chiedere a quella pazza se sa qualcosa sulle radici delle piante. Povera diavola, arrivata fin qui per amore, mentre io sono un immodesto caprone. Ma lo saprà mai lei? Rinchiusi tutti e due in una stessa gabbia, vedi un po' come sono pazzi gli uomini. A quella pazza farei una fattura, la farei innamorare davvero di un unicorno, merita solo quello, una bestia che non esiste, un'anima imprigionata in un vegetale, una mezza bestia.

"Guarda un po' per pochi metri di mantello dove sono andato a finire. Ma in fondo se voglio riesco anche a volare, proprio con le ali di Belzebù."

Esce di scena ridendo in modo scurrile.

Il fiore: "Siamo in trenta nel giardino di Affori e ci calpestano i folli, ma chi sono? Io, per esempio, sono un fiore e ragiono per conto mio. Non posso camminare, sono in un'aiuola. Pensate che l'uomo cammina eppure sta fermo: la grande illusione dell'uomo! Non sa di essere ancorato alla sua radice.

"Al mattino quella pazza bionda viene a odorarmi, al pomeriggio mi bagna di lacrime, la sera mi butta via. Malgrado tutto, malgrado si adorni di me, non sa che io sono la sua vita, il suo solo pensiero. Malgrado lei mi baci, non sa che io sono il suo amante, il suo unico amante.

"Ho cercato di dire agli altri compagni della sua pena che era troppo sola, ma non ho neanche voce perché sono un fiore. Anche i fiori gridano di notte, urlano delle proprie radici, però non ci ha mai sentito nessuno. Pensate che il manicomio è percorso da tante voci e da tante urla e da tanti dolori, ma le urla più grandi sono quelle dei fiori che non saranno mai sentite."

Compare sulla scena una donna grossa, malvestita.

L'infermiera: "Non posso dar torto a questi signori del manicomio, perché sono proprio signori, sapete? Il mago, per esempio, che grand'uomo. La pazza deve essere una contessa o figlia di conti; pagheranno per il suo riscatto? Eh, sono una pedina troppo debole io. Sapessi almeno come sono arrivati fin qua. Guarda che caviglie gonfie, a furia di servire queste persone che non conosco. Eppure voglio bene a questa gente. Che istruzione ha lei! E lui, il mago? Se potessi avvicinarlo mi farei predire l'avvenire, ma chi osa? Fra di loro si parlano, chissà cosa diavolo si dicono. La bionda, per esempio, avrà avuto un passato d'amore? Avrà dei figli, avrà un marito? I dottori non mi dicono niente: io devo solo lavare, spazzare, preparare la sedia per la pazza, perché lei vuole la sedia e poi non ci si siede nemmeno. Gliela metto lì e lei ci mette sopra una candela. Dove diavolo trovi la candela non so, gliela darà il mago o un dottore condiscendente. Questa pazza è un po' una strega, o fa l'amore con il medico. E a me i medici non dicono mai niente."

Mi sembra di essere caduta dalle pareti con un tonfo preciso. Sono nuovamente sdraiata sul letto. L'uomo delle nevi, l'uomo iracondo, il tema centrale della mia vita ha appena bussato, ha appena battuto la frontiera della mia armonia. Tutto è andato perduto. Ho il senso atavico di una vaga impotenza che è andata a morire su un rovo di aculei. Ma Marcella mi aspetta, Marcella. No, non si chiama Marcella, ma Anna. La sua voce, perentoria e stridula, come se dirigesse da dietro le quinte di un teatro greco, di un feroce incantesimo. Mi vuole morta, lo so, mi vuole assolutamente.

Questa donna piccola, ossuta, verticale, irreperibile e irascibile è come cimelio di guerra. Conosce tutte le parolacce del diavolo. Non si cura per niente del mio passato di gloria. Il passato è stato cancellato via dalla sua bravura vogliosa e le spine del suo amore sono state rivendute, una per una. Sei passata da un tremore di coltello all'altro, senza gioco né pensiero. Ti ha appena fatto un freddo elettroshock, per dimostrare che, dopo tutto, ti ha salvato la vita. Ma in fondo è per rimettere ogni cosa al suo posto, ogni valvola al suo posto. Come se tu non fossi una donna, ma un misero reperto di guerra.

La trappola ha il suo sguardo alfine tranquillo, che ti permette un'eternità gioiosa dentro all'ospedale psichiatrico. Ha un aspide, ha una medicina orrenda. Ma il tuo girare è completamente libero dentro il suo inferno. Nell'inferno tu puoi guardare tranquilla, nessuno ti raggiungerà più e infine ha un abito uguale per tutti: una vestaglia azzurra, senza rappezzature o rammendi.

Guardo di sbieco i tuoi occhi che fanno pendant con i suoi occhi meravigliosi. L'incantesimo è che soprattutto tu sei salvo dalla sua misericordia.

Finalmente ha compiuto il suo sguardo, finalmente ha compiuto il suo turpiloquio. Ti ha tolto l'amore dal grembo, dal seno, dalla mente, persino dalle mani.

Il suo gesto criminale è stato così asciutto e sottile che sebbene la maga Circe un giorno ti abbia amato, adesso non ha permesso che tu partissi per Itaca. È incredibile uscire dal sonno con questa pietra sul monte, mi ricordo benissimo quanto pesasse nella mia memoria l'evento della prima deflorazione arcana.

E ancora non so capacitarmi delle cose che ha detto Richard, gli avvertimenti sani e decisi del suo linguaggio, come costui si sia tenuto per sé l'unica pelle della mia figura. Fin qui io sono senza precedenti. La mia colpevolezza è immensa.

C'è una donna a Taranto alla quale avrei fatto volentieri un monumento assieme a Roberto. L'avrei figurata nell'atto di liberare mille colombe come la primavera. Quella donna io l'ho amata ed era bellissima. I soprusi e le angherie degli infermieri tarantini ne avevano fatto una povera demente, ma il suo sguardo vivido, la sua chioma bluastra la rendevano ai miei occhi simile a una dea. Era stata rinchiusa lì con me e invocava continuamente aiuto. I quattro infermieri che la vigilavano la violentavano di continuo e ne avevano fatto una dea. Oramai vinta e stanca, ma sempre una dea. Vita mi amava e a suo modo aveva imparato a proteggermi. Mi avevano rinchiusa lì dentro perché non mi ero arresa alle voglie insane dei figli e le esecuzioni capitali sul corpo di Vita erano una minaccia e un attentato alla mia vita. Ma lei era intelligente e capì. Avevano dato a Vita trentamila lire perché imparasse a picchiarmi e si mettesse all'interno del bagno mentre soffrivo forti dolori. La stessa cosa la fa adesso il mio custode. Però Vita si innamorava facilmente, come gli indigeni, delle mie collanine e dei miei bracciali: voleva leggere i miei libri. Di notte le spiegavo che cosa significasse il *Diario di una diversa* e Vita capiva. Ma anche gli infermieri capivano, perché ogni tanto qualcuno mi parlava con tenerezza. Erano inflessibili con lei, forse perché aveva ucciso un bambino, non lo so, ma so che per me era una mamma come tante altre, e che nessuno l'aveva assolta, perché nessuno poteva condannarla. Quando uscii da quella specie di università della follia lei mi si attaccò alle caviglie e per andarmene dovetti trascinarla fino alla porta. Ma riuscì a gridarmi dietro quello che il ladrone disse a Gesù: "Giornalista, quando mi libererai da questo inferno?"

Era così scomparsa dalla mia memoria questa chiesa solenne e amorosa, in cui tanti avevano imperversato la mia povera morte. Qualcuno l'aveva uccisa nella mia mente con un atto incandescente e impuro, per farmi scendere nel retroterra della mia miseria, disarcionandomi di colpo dalla mia povera fede. Non avevo neanche più la cavalcatura per andarmi a recare in spento pellegrinaggio alla volta del mio amore, e mi pareva di avere scoperchiato in me l'inferno. Tanto che non mi volgevo neppure indietro a vedere che cosa fosse mai successo.

Mi avevano diseredata e spenta come un'amara candela. Tutte le mie proprietà religiose e demaniali erano state risucchiate dalla calunnia e dall'appropriazione indebita.

E però già dal mattino la voracità di quell'amore mi prendeva ancora le gote e le faceva arrossire e premere come se ancora fosse possibile la vita, la felicità della morte.

Mi ricordo che quando ero piccola ero molto attaccata a Victor Hugo. Ero attaccata a questo libro meraviglioso, *I miserabili*, molto triste del resto. L'immagine di Cosetta che voleva la bambola, la voleva disperatamente. Quella bambola così indicativa della mancanza di amore.

E ripenso a me, nei giorni che preludono il ricovero al Vergani. Si è detto che è stato un ricovero spontaneo. Niente di più falso: in un ricovero spontaneo non vengono portate via anche le scarpe.

È stata una forzatura addirittura disumana.

L'acqua è l'indocile sostanza che permea tutte le cose. Ogni trasalimento avviene nell'acqua, tutte le paure nell'acqua cadono; molti timori, molti sassolini, molte attese finiscono per fare un soglio terreno di colpa, sopra cui l'anima invariabilmente cammina.

La Terra Santa non è il manicomio, ma questo caldo concime che ogni malata deposita dentro e fuori di sé e che è anatomicamente sbagliato. Nessun uomo ha in sé tanta terra per potersi preparare un cammino da morto e nessun uomo è sopravvissuto al proprio terreno.

Pochi hanno camminato sulle albe dei manicomi.

Ricordo queste grandi vetrate che sarebbero andate bene a un grande pittore, da cui entrava, calda, ogni misura d'agosto. L'estate nei manicomi non aveva intemperanza, non aveva calore proprio perché il nostro animo non si incendiava mai. Se la passione è intollerabile noi conosciamo la misura del silenzio. Sappiamo quando è ora di non parlare più. Pochi credono alle nostre parole, quasi nessuno. Pochi sanno che abbiamo un segreto così irrilevante e così vasto che in greco si potrebbe chiamare anima.

Comunque il greco, il latino, le mani che si muovono sulla tastiera, i bei disegni, i paesaggi non avevano in manicomio alcuna ragione d'essere. La cultura ci cadeva ai piedi ogni giorno come se fosse passata sotto una ghigliottina. Molti parlano di ispirazione di anima e nessuno di cultura. Quando io parlo del corpo alludo alla cultura, perché la cultura è un corpo. Se il cibo modella l'anima, la cultura modella i tratti somatici, rende viscerale o no il nostro sentire. Nessun poeta è mai stato ignorante: se non aveva i mezzi per formarsi una cultura, li ha rubati con la parola, con l'ascolto e anche con l'amore. Il poeta ha amato coloro che gli hanno offerto la cultura, li ha amati come quelli che preparano il terreno, che hanno vangato al suo posto, che hanno creato tenere aiuole. Forse il poeta non sa, quando passa per le strade, che cammina con un codazzo di amici di vecchie ombre. Ma sa che quando non si parla di lui non si parla neanche di queste ombre che sono diventate gigantesche, che sono state e sono la sua vera lingua. Il poeta non è un ambizioso, ma un oscuro adoratore dei suoi morti. Non è neanche triste perché sa che la morte è serenità naturale. Se il manicomio è la morte, ebbene io amo i manicomi.

I sogni, questi assurdi visitatori, queste anime esangui della notte, queste silvestri bugie, pieni di bimbi assenti, di amori malcelati.

I sogni che ti presentano il mondo come tu lo vorresti liberano un corteo di bambini amorosi festanti, che cantano dietro la tua grandezza.

Amorini, ciclamini leggeri, i sogni introducono in assurdi campi dove tu, top model della visitazione angosciosa, ti vesti di lepri imperfette.

E Caino ti tiene il banco. Ma c'è una succursale maledetta dove tu provi ad aggrovigliare i fili di un discorso impietoso. Dove la fame ti risveglia a mezzanotte. E pensi ad Alberto che ha un gallo nel vicinato, un gallo che prorompe nella tua aia deserta con il suono del mattino, con i bargigli rossi di lussuria, con il gergo impietoso di un demente padrone di un deserto. Mi sento una faina a posteriori che imbocca una mitraglia.

Gli anni della memoria sarebbero più scorrevoli se non si inceppassero contro gli argini del dolore. Il dolore che ho patito io non è dolore umano.

Ostruzionismo, ricatti, soprattutto calunnie hanno preso nella morsa anche le mie figlie affidate ad altri. Mi sento ormai una donna avvelenata fin nel profondo, fin nelle radici.

Non ho più materialmente voglia di vivere perché capisco che sono stata imbrogliata da tutti, persino da me stessa. Fiduciosa nella vita, ho dato la mia mano a coloro che si sono affacciati sul mio destino ricevendo in cambio manciate di odio e di disonore.

Sulle fondamenta del mio manicomio tutti hanno pensato di costruire la loro personale vicenda. Hanno voluto modificare il corso della mia storia. E così mi sono trovata sola come un cane, perché non erano più sufficienti né la mia bellezza passata, né la mia bravura, neppure il mio contento per la morte.

Mi sono sempre sentita vicina alla morte. L'ho considerata sorella fin da bambina, perché la sentivo compagna dell'amore. Con lei ho dialogato, ne ho ritardato i tempi, l'ho persino amata.

Qualcuno a volte mi inviava la morte attraverso un linguaggio scurrile, una proposta oscena, ma ho sempre respinto questa morte commissionata da altri. Io conosco soltanto la mia morte naturale, su cui faccio largo conto, sperando che mi tolga una vita che ormai mi sembra invincibile.

Ho la sensazione di durare troppo, di non riuscire a spegnermi: come tutti i vecchi le mie radici stentano a mollare la terra.

Ma del resto dico spesso a tutti che quella croce senza giustizia che è stato il mio manicomio non ha fatto che rivelarmi la grande potenza della vita. Contro cui nessuna belva ha potuto mai nulla e nemmeno il più brutale dei desideri.

Se un poeta dona le sue carte con l'intenzione di regalare i propri patimenti, le ansie, le mille anime, gli altri dovrebbero ringraziarlo. Perché il poeta, con gli occhi rarefatti dalla follia, sta guardando il destino anche per loro. Le foglie del destino sono vagabonde, scorrevoli e piene di baci nascosti.

D'altra parte queste ninfette, questi fiori del male della psichiatria, queste assistenti della paranoia, queste assenteiste del bene come potrebbero vivere se non facessero la cresta sui segreti delle pensioni degli invalidi? Come potrebbero tener coartati i propri malati sotto l'occhio vigile e pungente della vicina, portatrice di male e bene pubblico? Ogni spargimento di sangue la fa ridere e diventa una colata d'oro per la mafia di tutti i giorni. Il sangue umano è sempre stato indice di sacrifici e grido verso l'empio. La vittima alle volte viene scelta nel branco migliore. E poiché il cronico non avrà lunga vita, cosa importa se viene regalato ai giudici minorili insieme ai propri figli per farne una fornace pubblica, dove l'istruzione viene alternata alla prostituzione.

Ieri sera Serantes, poeta spagnolo, mi faceva rilevare che il toreare è cosa di grande stile e di grande misura e che anche il mostro sacrificale dell'arena è pur sempre un simbolo religioso. Ma mettere delle banderillas velenose nel corpo di una donna ferita, di un emarginato ferito, è segno di scelleratezza e putridume morale. Andrebbe penalizzato chi si presta a essere portatore di chiavi. Riaprano quindi i manicomi per gli psichiatri male volenti.

Si può anche nascere fuori del proprio tempo.

Se potessi raccontare questi anni di cui sono testimoni soltanto Marina, Chiara, Nicola, lo stesso Vanni e io in prima persona, direi che nessuno di noi ha capito chi ha mosso le fila terrificanti di questo oneroso tormento. Attraverso le mie pareti, attraverso i miei lunghi cammini, attraverso la mia non speranza, sono arrivata a capire che un qualsiasi impercettibile errore può generare eventi politici catastrofici enormi. Poiché negli istituti psichiatrici c'erano una legislazione e un agonismo empio, ma fuori allo scoperto nulla era palesemente osservabile, e di notte a tua insaputa avveniva l'impensabile. Qualcuno aveva dato le chiavi alla vicina per osservare meglio il mio comportamento notturno, per spiare con chi io giacessi, e di quali altre porcherie fosse passibile la mia povera vita. Finché questa mi addebitò tutte le sue scoraggianti empietà, tutta la sua criminosa volgarità. Nessuno riusciva a capire che stando a Milano continuavo fermamente e ostinatamente a vivere la vita di Michele, e che continuavo a soffrire di quel mal d'Africa per cui tanto avevo amato padre Gabriele. Le operazioni a freddo di Escalante nel turbinio psichiatrico che rimuoveva gli slanci affettivi più naturali e semplici, che deviava i desideri e che creava di me e degli altri pazienti un mostro letterario, mi avevano condotta a un tale odio e a una tale imprecisione di linguaggio che soltanto scrivendo potevo coordinare le lettere del mio pensiero. Si faceva della politica interna, era chiaro, e della politica sporca. Non ho mai saputo chi maneggiasse il mio denaro e con quale criterio. Durante i ricoveri, per così dire voluttuari, il medico di guardia era straordinariamente assente, e quando tu te ne lamentavi, ti dicevano con le lacrime agli occhi che mancava la mia necessaria presenza. Questo mostro inviolabile e invalicabile aveva la protezione di un segreto terrorismo e di tutta la delinquenza minorile del quartiere, per cui soltanto adesso posso capire la bianca morte di Pasolini. Bianca perché certamente quell'uomo, così come io l'ho conosciuto in vita, non poteva essere veramente malintenzionato nei confronti di un ragazzo che voleva ricattarlo. E se anche lo fosse stato, non occorreva uccidere un genio per dichiarare pubblicamente che la delinquenza minorile aveva la supremazia sulla cultura.

Comincio a capire di essere stata fraintesa; io non ero un poeta, devo essere stata un grande fachiro, un saggio. Ho sopportato cose ignobili senza fiatare, cercando le ragioni del male. Ho capito che il male non c'è come non c'è il bene. Allora sono diventata nichilista: al mattino mi misuro la pressione, mi tasto il polso e penso a quante ore mi mancano prima di salire al patibolo che è la vita. Offro la testa ai miei editori che mi lasciano andare ancora una volta. Così come avveniva anni fa in manicomio, quando ogni giorno ci chiamavano e ci facevano l'appello per poi lasciarci andare: una tortura durata dieci anni. Fino a che una grande folata di vento, forse una grazia, forse una grande magia, mi portò fuori da quei cancelli. E cominciai a chiedermi perché mai fossi entrata e questa divenne una seconda tortura.

Quando qualcuno mi offre il suo amore, penso che mi stia imbrogliando, quando un medico vuole guarirmi, penso che non tornerò più da lui e così mi nascondo all'amore. Sono attaccata al mio manicomio come alla vita medesima.

Io posso capire la malattia, non l'odio. L'odio, l'usura, la cattiveria sono reati da punire. Chi fa male all'altro è un altro Caino. Chi non si fa carico del dolore del proprio vicino merita la gogna.

Titano è scomparso perché non abbia a raccontare a nessuno che anch'io sono sotto sequestro.

Il liceo artistico della mia facoltà di poesia comincia dalle canzonature dello spirito, che spesso si chiama sopportazione atea degli altri. La giustizia divina ci insegna una equanime divisione dei beni e una equanime proporzione della felicità. Ma l'uomo non tiene conto della struttura elementare delle cose, che il fratello deve amare il proprio fratello come Caino e Abele, e sembra più proclive a smettere di amarlo per assumere un'individualità di ferocia assoluta. In questo senso anch'io sono stata derubata del mio bene, sono stati gli altri e non io ad avere avuto la vicenda musicale della mia esistenza, che è poi anche una vicenda musicante, una vicenda che ti accompagna con il tam tam della chiesa, quasi che la Chiesa volesse farti salire al ruolo della concupiscenza. Dirò una cosa assurda: la Chiesa veramente ha sempre sospettato della donna vedendola come cosa, oggetto di desiderio e di mala comprensione. Mentre invece il segno della donna è la bellezza vista nella totalità del Signore. Se Dio ha fatto l'uomo a sua immagine e somiglianza, e se Adamo era bellissimo, la donna doveva essere altrettanto docile e serena, come se nella bellezza di Adamo fosse entrata la costola della sua grazia. Così noi veniamo a trovarci tra i vivi e i morti senza nemmeno saperlo.

Mi tengono in casa sotto falso nome, come a Taranto. Nel Salentino ho visto una donna spaventatissima aggirarsi nella casa della sorella di Michele. Era una polacca, una povera polacca immigrata che aveva tre figli suoi. La tutela era passata alla nonna che dormiva beatamente su grandi letti. Ho visto una sala delle torture che avrebbe fatto raccapriccio a chiunque. Questa gente deve sempre avere abitato sulle pietre della solitudine e del dolore.

Il ricovero al Vergani aveva un senso: quello della demenza. Non si trattava di fare impazzire, ma di demolire. Ma c'è qualcosa di vero e proprio che lascia la vita. Quella dolce purezza di vimini, quelle sedie impagliate di fresco che riposano accanto al canterano. Quelle sedie vuote.

L'infermiera che mi aveva lavata al Vergani era bionda e dispotica. Aveva cominciato col buttare in un angolo i miei stivali, peraltro regalati, che portavo ai piedi da più di sei mesi. Poi mi mandò a lavare una sottogonna ormai sdrucita, che non mi restituì più.

Era una sottoveste alquanto indecente, che portavo con me dal tempo dell'ultima gravidanza e di cui non riuscivo a disfarmi, perché tratteneva viva in me la memoria dei miei figli. Odorava di urina, come tutti gli indumenti portati da anni. E certamente non favoriva gli approcci amichevoli e gli interscambi del sesso. Ma era l'ultimo regalo di mia madre, a scopo di prevenzione delle malattie polmonari. Mi aveva salvato da molte bronchiti. Sicuramente per la vicina, attratta dalla migliore lingerie del centro, quello era un indumento stomachevole.

Mi fecero lavare prima nelle ambulanze e poi in quel malcapitato budello. Che voleva e doveva incenerire il mio amore.

Questa casa nasconde molti segreti. Per esempio, il cane della vicina che alle nove in punto ti sveglia. È un cane grassoccio, libidinoso come i suoi padroni. E del resto mio marito soleva dire che questa non è una casa ma un casino. C'è una vecchia megera che non può più essere nominata tale, in quanto i suoi documenti personali sono stati distrutti dalla guerra.

Questa casa è un covo segreto di ladri. E non c'è solo il custode, ci sono molti amici del custode che lui ha portato qui per spartire il bottino, complice forse il padrone di casa. Tutti hanno lasciato fare.

Non si può dire chi sia il vero colpevole, perché si danno la mano l'un l'altro per spartirsi gli appartamenti e affittarli a prezzo di strozzinaggio. Non si sa, invece, dove sia il testamento di Michele Pierri, dove siano andati finiti i miei contratti e che ne sia stato del povero Roberto Volponi.

Fu proprio la vicina assassina che mi chiese dove avessi conosciuto Roberto. Le risposi che l'avevo conosciuto in un posto equivoco, dove stava forse lei, fantasma di dolore e di pena, donna scurrile che si faceva passare per mia sorella. L'appiglio della parentela vale molto per poter fare ricoverare un soggetto e incamerarne i beni.

Quello che è certo è che qui dentro qualcuno è stato ammazzato e molti sono stati tenuti sotto sequestro, io compresa. L'iter psichiatrico è uno dei cavilli burocratici per poter ricattare una persona, anche sulla propria salute. Così adesso mi possono mandare per le strade anche quando sono malata.

Come per Manganelli, la calunnia era partita dal quartiere. Una volta il quartiere era una cosa anonima e grigia, lo stesso grigiore che sto vivendo adesso, tagliata fuori da festini, rapporti e qualsiasi socievolezza. Il quartiere dove io venni a posare le ali stanche, mutilata della casa e dei miei genitori, era un germe. Poche pietre sguazzavano nei cortili, poche pietre malsane. Anche se povera e serena, ero già famosa. Andavo a compitare i miei temi proprio sulle pietre scarne del Naviglio. Ce n'era una, per esempio, che cresceva come un albero proprio al centro del cortile di Ripa Ticinese, dove militava un certo barbiere che vendeva la droga di sottobanco. A quei tempi c'era già il caffè malfamato, meta di ladri e di ruffiane, dove Titano oggi vende le sue refurtive. La vecchia via Magolfa, un cuneo di strada seminascosta dove si fuma marijuana. La droga circola nel quartiere. Richard faceva parte del centro antidroga di padre Eligio. Per questo la ruffiana mi ha impedito di andare da lui e mi ha tolto la sua memoria dalla testa con un elettroshock, salutare per lei, non per me.

Era successa una cosa strana. Non era tanto l'elettroshock, ma la visione assurda, coercitiva, costante di questo brutto bastardo che mi stava davanti e che finì col farmi impazzire. Se fosse stata un'ossessione non mi sarei alzata più, ma era una certezza. Le ossessioni non si sanno muovere. Quindi era veramente lui. E mi governava come se fossi un animale. Mi costringeva ad alzarmi, ad andare al centro, a non lavarmi, a sudare, a mettere i piedi nella neve.

Il giorno che mi hanno caricata sul treno da Taranto e mi hanno detto: "Lei torna a Milano con i pochi stracci che indossa", ho visto la sua faccia sul muro e ho capito. Ero talmente spaventata al ritorno che ho cominciato subito a urlare. E gli altri hanno detto che ero tornata pazza da Taranto, ma non era così. In fondo nessuno mi aveva fatto del male. Per la verità, sì, qualcuno aveva tentato di uccidermi, ma mi ero salvata. Mi ero salvata, ma è stato a un prezzo ignobile. Veramente ignobile. E se tante volte sono cattiva, disperata, è perché non riesco a farmi capire. Non è che odi quello che fanno gli altri, odio tutto questo silenzio. Odio il fatto che non parlano. Li odio. Li odio non solo per me, ma per tutta la gente che lasciano soffrire senza amore.

Questa casa a me piace. Mio marito l'adorava. Quando avevamo una comune depressione mi diceva: "Be', andiamo a fare quattro passi." E tornavamo stanchi, felici, come due ragazzini. Nessuno ha mai capito il nostro amore. Nessuno ha mai capito che mio marito mi aveva fatto ricoverare per gelosia, perché era geloso come tutti gli uomini innamorati. E che poi si era pentito.

Una volta, proprio in manicomio, e proprio recentemente, vidi un tale che suonava un organo. Era un pazzo che aveva avuto in dono da chissà chi una pianola brigatista. Il pazzo suonava divinamente e suonò per me, e forse per me solo, la marcia nuziale di Mendelsshon. Forse il pazzo voleva sposarmi. Un altro lo guardava, ansioso di coprirlo di contumelia. Lo avrebbe picchiato subito dopo per la sua bravura e la sua tenerezza.

Ma forse una cosa non è saltata fuori da questa visita intollerabile. A parte gli umori correlati del manicomio, c'erano queste porte chiuse su tante torture anonime, questi quadrati, questi spioncini dietro i quali si sono murati vivi tanti poeti.

Sul mio conto circolavano voci disparate. Anche C., che mi aveva appena conosciuto, subito mi aveva fatto sapere che ero una donna facile. Ma poi si ricredette e mi disse che lui mi aveva rispettato, e di questo sono convinta.

Ma non era del rispetto fisico che io avevo bisogno, bensì del rispetto morale. E che cadesse dalle mie spalle quel manto d'ignominia, quel panno rosso, che era stata per me un tempo la mia malattia mentale.

In fondo è bella da analizzare la malattia mentale. È una vestale e anche una vindice. Ha i suoi posti di avvistamento e di difesa. E ci tiene ad avere il suo vantaggio sul fisico e sulla mente. Nascono così le somatizzazioni che denunciano la presenza di una frode altamente consapevole della scansione voluta della comune libertà naturale.

Non avrei mai pensato di cadere tra le mani di un pirata del disonore come quest'uomo che mi gira intorno e del quale io conosco la moglie. Conoscevo la moglie. Se il custode non si muove mai dalla stalla è forse per paura che qualcuno scopra la moglie sepolta nel cortile. Ha paura che qualcuno si avvicini all'aiuola. E mi scambia per lei, probabilmente perché io ho avuto l'accortezza di portare in casa mia i materassi logori della vecchia custode. L'ho aspettato al varco, tutti i giorni. Ecco che cosa ho fatto in questi anni: ero sicura che l'assassino mi avrebbe odiato e che avrebbe cercato di uccidermi. Ma non avrebbe potuto farlo perché ero più forte di lui.

E difatti la carogna assassina mi ha fatto qualcosa di più: mi ha tolto Titano. Ma non perché Titano fosse una cosa mia. Perché era una cosa della vita. Titano non appartiene a me, non appartiene a nessuno, come me. E questa gente non si è accorta, ha voltato le spalle. L'indifferenza. Ne parla madre Teresa di Calcutta. Dice spesso che l'odio è migliore dell'indifferenza. Tante volte, quando a Maria dico qualche cosa di brutto, o a Guido, o ad altri, in fondo lasciano correre, perché capiscono che è meglio fare così che mostrare le spalle. Piango sempre quando la verità viene tagliata fuori.

Ma se uno ci marcisce dentro, come fa il custode, porta l'uomo che odia a marcire con sé. È inevitabile: diventano due cancrene. La cosa che mi ha fatto impazzire è stata la rivelazione di un medico quando mi ha detto: "Voi due morirete insieme." Ho immaginato la faccia torva del custode sulla mia, nell'atto di morire. La sua bocca che ansimava. E il suo pene sul mio ventre.

È stato un momento di così allucinante angoscia che mi sono messa a urlare. E mi hanno portata via.

Quando parlavo male del custode trovavo delle muraglie di diffidenza e omertà, come se tutti mi dessero della matta. Finché non avevo intuito che lui doveva essere l'esecutore di qualche cosa di indicibile, tanto che entrambi i golfi, quello della parola e quello del sogno, ormai gli davano ragione.

La donna che mi aveva lavata al Vergani immergendomi in una vasca anonima, dove erano confluiti altri malati sporchi e disagiati, doveva darmi il senso della mia povertà, tenuta viva per difendere un grande poeta di cui Manganelli era sincero e devoto amico: Michele Pierri.

In un attimo, in quel tristissimo bagno, annegarono tutte le mie memorie più fiere. Quella grande nobiltà d'animo che era stata la falsariga di tutta la mia attuale scrittura.

Manganelli fu il poderoso assassino della mia giovinezza. Colui che l'aveva abbreviata con un atto d'amore catastrofico e iniziatico. Il primo bacio, la prima carezza, il primo incontro sull'erba.

Fu in quel confluire di acque innamorate che nacque la parola vita. E la vita si adagiò, e si spense, lungo i giardini dell'allegrezza poetica.

Chi dice che il poeta è un nomade, un essere senza patria, sbaglia, vanifica il senso di una cristianità assoluta, in cui la parola, premasticata e preordinata dal poeta, viene assunta da altre bocche, e saggiata a livello di puro ristoro.

A Uliano Lucas avevo confidato che al mattino, prima che arrivasse Titano, avevo imparato a buttare due pesanti zoccoli contro le pareti e a chiamare la mia vicina di casa. Lucas mi aveva detto: "Vada avanti così che va bene."

E difatti proprio oggi, al centro, un poveraccio mi aveva confidato: "Per il delirio bastano due compresse sciolte in un bicchiere d'acqua."

Avevo allungato al povero mille lire e me ne ero andata con un diavolo per capello.

Naturalmente certe cose non potevo dirle a Marina, così piccola e così pura. Ma Marina capiva, imparava subito naturalmente. Mi spiaceva, ma con il tempo, pensavo, avrebbe fatto quel tanto di pelo sullo stomaco che occorre per vivere nel mondo.

Ecco perché avevo tanto esaltato il manicomio: una certa innaturale peluria di controversie sta bene anche nelle basi più profonde delle viscere. E i miei villi intestinali non mi avevano tradito.

Più ostico era il padrone di casa che adesso era arrivato a salutare il custode anche durante il giorno.

C'era una donna di tutto rispetto che stava per morire e già aveva diacci i piedi.

La povera figlia scema che aveva, e che si chiamava Pasquale, mise nel forno un grosso coperchio, lo fece rosolare per benino e poi lo avvicinò ai piedi della vecchia e li ustionò.

La poveretta tentava di scappare e più scappava e più la scipita la metteva contro i fornelli. Tanto che ne uscì pazza.

L'insania è il sollevamento di alcuni poteri nascosti che vengono proiettati in un senso unico e che fanno improvvisamente comparsa in un tracciato di vita che poco prima era sembrato lineare. L'insania è un rapporto anche magico con la realtà, è un tener fuori degli aculei imprendibili contro un nemico che forse non esiste, ma che certo nel privato e nel suo nascondiglio segreto ha gettato le basi.

Titano non era che un umile guardaboschi, quello che, mandato a uccidere Biancaneve, aveva portato indietro il cuore palpitante di un cerbiatto. E il cerbiatto questa volta sarebbe stata la mia bambina.

Non potevo, da cadavere qual ero io, ricordare la mia stessa morte per dichiarare che la vita era salva. Ma avevo tanti confini nella mia mente e tante speranze di solitudine. E tanti innamorati da cullare, come Cosetta cullava la sua unica bambola. Almeno qualcuno, pensavo, sarebbe venuto da me col cocchio rosato e topolini ebbri.

Immagino Cosetta che vede attraverso la sua unica bambola di pezza tutte le meraviglie nelle vetrine impedite ai bimbi.

Quella serena povertà, quell'unica bambola che io ho avuto nelle mani, e che si chiama manicomio, l'ho cullata per anni in attesa di tempi migliori. I tempi migliori sono venuti e colui che ne beneficia ha il volto di un uomo.

Io aspetto sempre la critica che mi vada bene, ma non me ne fanno una che mi piaccia, che sia disincantata, che metta a vivo fuoco il mio vivo interesse per me stessa.

Perché io sono un medico, e siccome di medici matti ce ne sono molti, io sono un medico matto. Altrimenti come avrei fatto ad analizzare il delirio amoroso, come farei ad andare ogni giorno al Cps travestita da volpe? Perché dementi si nasce e non si diventa, ma è anche vero che esiste una professione demenziale che può elevare ad alti livelli di poesia.

Diciamo pure che la demenza è un grosso impegno sociale e bisogna saperla gestire. Pochi lo sanno fare. Difatti quando Maria Corti disse a Paolo Volponi sbuffando: "Questa qui è da un vita che vede la Madonna", il buon Paolo candidamente rispose: "E ti pare poco, Maria."

Sono infine giunti a dare le chiavi alla vicina di fronte, ben contenta di seviziarti e di mandarti a pedinare da un cattivo figuro che fa i suoi comodi in casa, e che, tenendo conto che lei è malata e ha un marito, ha miserevolmente profittato di te. A questo punto dovrebbe intervenire la questura, ma poiché tu sei un malato passivo non può fare nulla, perché a emettere il giudizio che sei pericoloso e vai tenuto a distanza è stato proprio il tuo medico personale, che manderà a vedere se hai lasciato aperto il gas o amministrerà i tuoi averi con savio interesse, allontanando bene o male i tuoi figli, facendoti morire i migliori amici.

Sai chi era il Camiti, Guido? Un uomo squallido e ricco, un uomo giusto e ingiusto, ma era bello, bello e impossibile.

Il mio grande amore, Guido, lavorò quarant'anni per lasciarmi una modesta pensione e mi amò come nessun altro uomo. In più, forse, sotto le mattonelle del bagno avrà nascosto una notevole fortuna in denaro.

Ora il custode si è fatto crescere i baffi alla mongola, si fa vedere in giro zoppo come il povero Ettore e firma le mie cambiali al governo.

È molto benvoluto in questura, tanto che è riuscito a dimostrare che lo tradivo con un lacchè.

In questo modo è riuscito a far fuori Roberto e Richard.

Ma ti immagini, Guido, una pensione così sudata e franca, un uomo così bello e adamantino deriso ignobilmente dopo la morte da una sarcastica controfigura.

E da chi poteva venire un'idea così orribile se non da una mente altrettanto distorta e immobile come la faccia del custode.

Ettore e io eravamo chiamati il braccio e la mente, ma lui era l'uomo dal braccio d'oro.

Era una povera mente, talmente povera che anche adesso mento e se mi chiedi se amo il custode ti dico: "Sì, lo amo", perché si è camuffato da Ettore, perché questa farsa ignobile cheta il mio cuore malato.

E questa, Guido, è intelligenza criminale, la stessa che usano i medici, la stessa che usano i medici quando impediscono a me e a Richard di fare all'amore.

Non si sa che cosa sia esattamente la trappola. Certamente non è soltanto il vischio mentale, è un'altra faccenda. La trappola è qualche cosa di reale. Non è solo un adescamento, per cui uno cade e si fa male involontariamente.

C'è una specie di odio da parte della società per coloro che si smemorano. Che secondo loro vivono allegramente. Ho sentito una volta il custode che mi diceva: "Lei tiene la capa fresca e non ha problemi." Be', non è difficile non avere problemi quando i problemi si accantonano o non si vuole vederli in faccia. C'è un'abilità sorprendente nel manomettere le cose. Questo comunemente lo fa il paziente, quando ha paura di soffrire, quando non vuole soffrire. Quando non vuole guardare negli occhi la verità.

Resta soltanto il profilo di qualcuno che ha lasciato la pelle per dimostrare che questa realtà c'era ed era controllabile. Perché tutte le cose reali sono controllabili. Meno controllabile è lo spirito. I pasticci sorgono proprio quando qualcuno vuole controllare lo spirito, quando vuole saperne di più di Dio. Ma Dio ormai è una parola grossa. Una parola contro cui il mio germe di vita si fa male.

Ero molto religiosa anch'io, la mia però era una religione panteistica, felice. Una religione che è traslato, una religione che vede il divenire delle cose nella loro felicità. Poi, improvvisamente, il crollo. In questa grande dinastia di santi, in questa grande dinastia di poeti, la miseria umana, soltanto quella resta. E un assistente che ti dice di cosa hai bisogno: dell'idea di Dio. Ma non puoi chiederlo alla vita. Ci sono delle violenze morali che fanno male al sangue, che addirittura ti estirpano le origini della famiglia. Violenze che si ributtano addosso a quelli che ti hanno dato la vita. E su queste cose tu non puoi fare niente, perché addirittura ti scagliano via l'origine, ti danno un'altra identità.

L'unica identità che io conosco è proprio questa meravigiosa identificazione con Dio. Questa familiarità con Dio. Questo discorso con Dio. E attraverso queste proiezioni, questa fiducia, io vedo il mio futuro. E il mio presente. Ma la vita esige fatti, testimonianze.

Il poeta ha bisogno di persone che non facciano irruzione nel suo cuore, ma che si modellino a sua misura, che lo seguano nelle sue traiettorie, nei suoi stati confusionali, nelle sue polemiche. Credo che in fondo sia abbastanza stressante riuscire a fare un discorso con me, ma lo è anche per me, perché io sono molto timida. Non si fa l'arte per sentirsi dare del poeta, ma perché la si ama, semplicemente. Perché è una seconda madre, perché costa molto. La si paga anche con il digiuno, la si paga con inverosimili camminate, la si paga con delle calunnie. Tutto questo fa il pane della critica, ma fa la fame dei poeti.

Non so neppure leggere la mia scrittura. Tutte le mie poesie me le recito a memoria, mano a mano che le scrivo me le stampo nella mente. Non ho mai testi, quei pochi che ho li regalo. Mi diceva proprio Michele Pierri: "A te della poesia non importa granché."

No, non mi importa molto della poesia: la poesia è una delle tante manifestazioni della vita. È un modo di parlare, e può essere cattiva, buona, iraconda, inutile. È un modo di far teatro, è un modo di mascherarsi. La poesia può essere una maschera greca, un carnevale. Può essere una dignità che non si ha, una dignità che si soffre. Sono tante le definizioni della poesia. Diciamo che la letteratura può anche essere un modo di sentirsi pazzi. Ma non bisogna confondere la naturale follia con quella che è la follia dell'arte, con quella che è la follia della santità. La bella, gaudiosa follia di san Francesco, che butta via tutto e se ne va, è come la follia del barbone, il barbone filosofo che rifiuta di pagare il fitto e si addormenta sulle strade, proprio perché non riconosce una paternità umana, una paternità sociale, ma una grande paternità divina, cosmica. E affidarsi alla provvidenza è un modo di far poesia. Uno esce e si affida al caso, uno esce e arriva anche ai confini della palude, uno esce e tocca la volta celeste. Si prende una capocciata, torna intontito, torna più instupidito, però ha tentato: ha tentato di evadere, di uscire, soprattutto di uscire da se stesso. Ha cercato un modo per arrivare al cielo, ma a che tipo di cielo? Si pensa a un paradiso dogmatico, si pensa a un paradiso di dolcezza, si pensa comunque a un paradiso. L'uomo ha sempre avuto questa grande nostalgia del paradiso, della quiete eterna. In ricordo di una patria celeste, che non è la comune evangelizzazione, non è il richiamo al paradiso comunista dove ci sarà dato tutto. No, è un paradiso di beatitudine, di contemplazione. Non è detto che non si possa averlo anche sulla terra: attraverso la filosofia, una fede dei sensi, della parola, delle arringhe anche di sapore divino, si può arrivare a una specie di delirio quasi oscurantistico. Perché l'uomo non può capire i messaggi di Dio, li percepisce a malapena. A volte si sente chiamato perché, diceva un neurologo, se i profeti sono figli di Dio, i poeti sono i nipoti di Dio.

E allora il poeta deve parlare, deve prendere questa materia incandescente che è la vita di tutti i giorni, e farne oro colato. E deve registrare questa confusione ideale che per gli uomini può diventare un feticcio. Ma quello che è la comunicazione con Dio deve diventare un linguaggio diretto. Io, però, non so se valga la pena di parlare tanto di poesia. Penso che invece valga la pena di parlare molto della vita e del sistema di vita, un po' più aureo, meno condizionato, di cui la poesia potrebbe entrare a far parte. Perché i pochi che leggono la poesia sono i cosiddetti eletti, gli amatori di quel certo dire, del fare, del vivere. E sono i solitari per eccellenza. Ora la poesia dovrebbe essere un fenomeno un po' più extraconiugale, diciamo un fenomeno collettivo. Per carità, non tutti hanno voglia, quando tornano dal lavoro, di leggersi i poeti, che Dio ce ne guardi. Però la poesia educa il cuore, la poesia fa la vita, riempie magari certe brutte lacune, alle volte anche la fame, la sete, il sonno. Magari anche la ferita di un grande amore, un amore che è finito, oppure un amore che potrebbe nascere.

Un terribile mal di testa mi devasta da secoli. È il terribile mal di testa di chi trova stretta nel buio la memoria di un amore prodigioso, in nome del quale spaccherà il mondo.

I brigatisti sono nati così, i folli sono nati così, e persino le madri hanno un'espiazione nell'amore.

Se potessi avvisare i figli che ogni lacrima mia diventerà un diadema, se potessi garantire loro la pace, andrei dal primo ministro del mondo a dire che li perdoni. Ma non lo posso fare. Il loro destino sarà di pagare la mia demenza.

Ieri ho incontrato un vigile urbano, un buon diavolo che beve pensando alla moglie ormai matta. E mi ha detto la grande verità della mia vita: "Cara Merini, io e lei abbiamo sposato due pazzi."

Fu proprio dopo quell'ultimo disgraziato ricovero che divenni un cavaliere senza macchia e senza paura, sollevando l'indignazione del Naviglio che mi tacciava di poca riconoscenza nei confronti del custode, che dopo tutto era socievole e servizievole nei miei confronti. Per non dire di peggio.

Costui sembrava l'omino di burro del povero Pinocchio, che caricava tutti sul carro dei ciuchi e che teneva lontane le banconote dal cassetto dei poveri perché non venisse loro in mente di somigliare a Leonardo da Vinci o a Tolomeo.

Sta di fatto che questo ti lasciava sempre con le tasche asciutte, asciutte che nemmeno ci poteva navigare un pesce.

E in più ti sentivi dire dalle varie università che era la tua malattia a renderti così dispendiosa e infelice.

Debbo smettere di parlare di manicomio e debbo mettermi a parlare di soli pensieri. Il Salone del libro di Torino mi aveva mandato in bestia. C'è qualche cosa che a Torino mi turba. Ed è la mia giovinezza passata. È la mia malattia cominciata proprio lì, sotto lo sguardo vigile dello zio tenente colonnello.

Sono felice di essere un angelo malato. Un angelo che può accogliere serenamente la morte in qualsiasi momento. Sono felice di potere dichiarare a tutti che il peccato è scivolato su di me come l'acqua sulla pietra del fiume. La pietra è sempre nel letto, apparentemente muta ma levigata e liscia, ed è intoccabile sia dalla pioggia che dal vento. E soprattutto la pietra del fiume, come la poesia, non potrà mai morire. Malgrado il peccato e malgrado la santità medesima.

LA FAMIGLIA

Sono nata il ventuno a primavera
ma non sapevo che nascere folle,
aprire le zolle
potesse scatenar tempesta.

Padre senza macchia, senza paura, padre non ascoltato, scrittore meraviglioso di canti.

Padre in sospetto di amore, folle giureconsulto, mia solitaria stanchezza, nemesi della mia vita, banchiere senza parole, gabelliere dai mille liuti. Padre della mia disperazione, che hai fatto di me una corifea pura.

Se tu fossi libero, adesso, da quella morte da fumo che ti ha tanto invilito. Se ora potessi vedermi chiusa nel lenzuolo ibrido del manicomio, tu padre moriresti.

Invece, dormi sotto le edere grandi e pensi come ser Bernardone: che io sono diventata contessa, figlia e padrona di irrilevanti parole perché tu mi hai insegnato l'albero del sapere, condotto da mano bambina sui primi fogli.

Quanto hai aspettato ridendo che ti portassi in dono l'ultima pagella della mia grande promozione poetica.

Il più grande dualismo della mia vita furono mio padre e mia madre. Io, un figlio che non stava nel mezzo, con un sesso che non mi piaceva.

Cercai di avvicinarmi alla povertà del dolore e feci infinite prove di teatro. Ero il centro dell'universo nella sua angoscia. Ma soprattutto mi sentivo la sua disparità naturale.

Non ho mai visto una donna più bella e più altera di mia madre. Da noi la chiamavano la montenegrina. Era alta, flessuosa e nobile. Il mio complesso di inferiorità cominciò proprio da lei. Da questa donna dal volto imperdonabile, dotata di quella cattiveria che cresce fianco a fianco. Ma di una bellezza quasi inimmaginabile. L'educazione di mia madre era tutta nel terrore che emanava dalla bellezza. Era corposa e nobile a un tempo, piena di maternità fino all'inverosimile. Quando rideva il suo volto era pieno di ombre e di luci. Era perfettamente eguale a Monna Lisa. Però più nobile, più peccatrice.

Da bambina sognavo una cosa: di non essere sua figlia. La timidezza mi ha sempre impedito di dichiararle il mio amore. Sono stata una bambina emarginata. Una bambina che non legava con nessuno, una bambina sola. Mio padre non faceva che guardarmi con occhio estasiato, quasi cercasse in me un aiuto da questa grande prepotenza stellare che era mia madre.

N. continuava a ripetere che Alda Merini valeva perché aveva fatto il manicomio. Non poteva continuare a giocare così sul dolore. Alda Merini valeva perché il manicomio l'aveva superato. E allora un giorno gli dissi una cosa terribile, ma vera: "Vorrei tanto che tua figlia avesse il mio destino." Non me l'ha più perdonato.

Mia madre un certo Natale mi regalò una bambola e mi disse che era un maschietto. La chiamai Piero, non so perché. So che quel Piero dalla mia mente e dal mio cuore fu sempre inamovibile. La bambola non si muoveva, toccava a me farla diventare donna. Mia madre mi cuciva dei vestitini per renderla femmina, ma non mi convinceva. Dopo sei anni che guardavo quell'arida bambola, un giorno gli spezzai la testa. Ma Piero non versò una lacrima e non perse sangue.

Un altro malaugurato giorno, trent'anni dopo, vidi improvvisamente una donna del Naviglio gettare dal balcone di fronte a casa mia un bambino. Ma neppure lei riuscì ad ammazzarlo.

Un ragazzo che si chiamava Angelo arrivò da me trafelato e mi disse: "Signora Merini, io una cosa così non la farei mai." Lo feci sedere e gli dissi di raccontarmi che cosa gli era successo. Angelo mi parlò degli orribili supplizi sofferti nei manicomi. Ma io non capii. Andai dall'operatore psichiatrico e gli chiesi come mai quella donna, che non aveva mai dato segni di squilibrio, avesse fatto una cosa così orrenda. E perché Angelo si fosse tanto spaventato. L'operatore mi disse: "È stata una crudeltà dei medici: quella donna aveva bisogno di aiuto ma l'hanno lasciata sola. E lui era la bambola di Manganelli."

Del povero Angelo non seppi più niente. So soltanto che un altro giorno entrò ancora trafelato a casa mia. Lo vide il portiere e lo buttò giù dalle scale. E così Angelo morì davvero.

Quel sentirmi chiamare mamma quando tu eri giù nel mio cortile, nel cortile del canto.

E muovevi un pallone tutto tuo, per questo tuo sapiente rigiocare sulle scintille dell'adolescenza.

Era già un abbandono. E non sapevo.

Sono ormai tre anni che vi aspetto, figli miei, tre lunghi e impossibili anni in cui il vuoto d'amore è l'improvvisa consapevolezza che, anche oggi, non siete tornati. Quindi paura, quindi follia, quindi paura della follia.

Sono fermamente convinta che altri vi hanno trattato male, che altri vi hanno insegnato male. E contro questo genere di disciplina erronea, malsicura e vanagloriosa, io non avrei un minimo di pietà, né umana né legale. Chi si mette al posto della madre vera è come si mettesse al posto di Dio. E allora brevemente, e in modo molto laconico, vi narrerò le tappe della mia esistenza, delle mie donazioni private e della mia purezza di madre. Perché qualsiasi cosa vi abbiano detto è menzogna. Perché esiste, figli miei, una menzogna cristallina e retrattile come la serpe, che a volte i bimbi scoprono perfino gioiosa. Ma è sempre un serpente che si aggroviglia all'albero della vita. Anche voi ne avete sentito i morsi, anche voi avete provato il desiderio acuto di lasciarvi andare a questa menzogna che era il Demonio stesso. Ho tentato di salvarvi con la mia poesia.

E sì che tu, padrone del mondo, non potevi esentarti da tua madre, che aveva un fardello di amore sul seno doloroso.

Quella greppia di desiderio, quel fine confine della rabbia del parto, tu l'hai tramutato in latte dolcissimo per i peccati del nostro eloquio. Sicché ogni poeta ha sete di mare d'amaranto nel cuore sempre verde di Maria, che arde di tormento religioso.

È il bambino diventato uomo che crea, che fa il poeta, l'artigiano, l'insegnante. Tutti i mestieri del mondo sono creazione. Quel quid amoroso che l'insegnante immette nel suo rapporto educativo è la sua personale creazione. Amore vuol dire creazione ed è una riduzione limitare il suo significato a "Ti desidero".

Nell'amore dell'insegnante c'è un silenzioso congedo al ragazzo che va verso la vita. Così è per la madre.

Ogni madre congeda il proprio figlio al momento della nascita e gli dà vita propria, affinché possa diventare artista, pensatore, creatore, uomo.

Prima di capire, le cose si conoscono in modo tattile, sensoriale, per poi esprimerle, nel verso del poeta, col canto: una seconda sensibilità che attacca e investe la sfera dello spirito.

Lo spirito non è l'anima. Se l'anima è un deposito di passioni, se dall'amore prende avvio la passione, la stessa rimuore nell'anima accecandola con la morte. L'anima non appagata muore di se stessa, ma lo spirito non pago cerca Dio e, non potendolo trovare, lo cerca a volte nella materia.

Abbiamo in questo momento – e me lo faceva notare un tassista – una congestione fallica del nostro pensiero.

Il fallo, il totem, la religione onirica dell'uomo sono il ritratto della sua potenza. L'io è virile, e se non lo è abbastanza, la virilità se la inventa.

Mio padre che era così tenero, remoto, devoto e assente, aveva amanti immaginarie in tutto il mondo, amanti di cui mia madre era gelosissima. Aveva uno sdegno incredibile per i ladri e gli emarginati. Nobile di cuore, nato signore, coltissimo, malgrado fosse figlio di una famiglia numerosa, fece di tutto perché non mi sposassi.

In effetti il matrimonio non mi riuscì bene. Però lo avevo preso come un grande impegno sociale. Anche perché tutti quei grandi uomini del mio passato un figlio non me l'avevano dato. E io ne volevo uno con il primo che capitasse. Invece mio marito mi amò, e questo fu per me un grande dolore, una profonda vergogna.

Vergogna e dolore che ho sempre provato anche di fronte ai miei figli.

C'è gente che ancora muore d'amore. E di fronte a questa constatazione io sto per impazzire.

La pazza della porta accanto esiste davvero: è una vecchia pelandrona alticcia, coronata di tanti riccioli falsi e linguacciuta come si conviene a una donna di ringhiera. Era con me prima del manicomio e ci starà tutta la vita. Una sottile farfalla d'amore mi lega a lei, malgrado sembri fatta di cartapesta. Questa donna è una realtà esonerante, è curva come il demonio.

Ma ebbe ali d'angelo quando raccolse tra le mani la mia terza bambina. Domestica degli aborti e dei parti clandestini, fece sì che la mia bimba toccasse la riva della vita.

Lermontov, poeta russo, racconta spesso che le anime degli uomini attraversano il cielo e arrivano alla materia. Vengono iniettate nel corpo con una grande siringa che si chiama anima e lì rimangono a imprecare, a sudare freddo, finché l'involucro non si spacca e l'anima non ritorna a Dio. Ogni poesia è quindi un messaggio del cielo che dice: "Anima torna a me. Torna al tuo cantore iniziale che è Dio."

Ma la donna che ho innalzato al livello di Beatrice altro non è che una povera scempia, ansiosa ogni giorno di ributtarsi tra le braccia del suo amante.

Una cloaca di vecchiezza, una gramigna di fame amorosa, un grande simposio di viltà. Non conobbe certamente questa donna l'evento beato della mia adolescenza, né seppe mai nulla dei grandi uomini che mi tennero in loro balìa su questo tortuoso fiume che si chiama amore. Il mio passato a lei nascosto la rendeva orrida per l'invidia. E non potevo fare nulla, perché nella mia vita ogni amore era stato veramente un evento meraviglioso.

Mi ero trovata tra le braccia di Titano per scongiurare la morte che mi veniva dai centri. E per sollevare un momento la mia fatica di vivere facendo leva su quella sua mole prodigiosa.

Titano mi rassicurava, sosteneva che non dovevo avere paura del custode. E che tutto, in fondo, era chiaramente depositato sulla mia unica forza fisica e morale.

"Sei dura a morire, eh," mi diceva.

In quei momenti lo fissavo a lungo e mi pareva che sapesse tutto. "Ma di', aggiungeva, di tuo marito che ne è stato?"

Allora io aprivo la diga dei ricordi, anche se mi spiaceva riesumare una figura a me così cara. E soprattutto così controversa.

Mia marito era stato un uomo angelico. Non aveva mai sospettato di nulla, era un ingenuo, un buono e un fraudolento allo stesso tempo. Non distingueva gli amici dai nemici. Un po' come Titano.

Pareva un ragazzo, si inebriava persino dei giocattoli dei nipotini. Aveva un grande amore per i bambini, li accarezzava sulla testa, allungava sempre loro qualche mancetta. E forse si ricordava della sua vita di scugnizzo. Di persona, bene o male, allevata dalla carità delle sorelle.

Più volte gli avevo fatto notare che la vita non è una serata illusoria passata tra un bicchiere e l'altro. E che è assai più solida e conclusiva. Il povero Ettore soffriva e mi chiedeva perdono. Poi riprendeva a correre dietro alla sua vera natura come un forsennato.

Domani è la festa della mamma. Ci ho pianto tutta la notte e piangerò tutto il giorno. Sarà per voi, perché voi non venite mai. Le mie amiche più care mi hanno detto che se in casa mia ci fosse più ordine voi verreste più volentieri. E pensare che voi siete cresciute qui, tra queste poche mura. E pensare che io la casa non l'ho più ritoccata per ritrovare sui muri le impronte delle vostre mani. Nel letto ci sono ancora le figurine e i collages, i topolini con Biancaneve, le immagini dei grandi amatori, eroi delle telenovelas.

Poi la fuga verso i vostri giochi d'amore, questi matrimoni affrettati, spinti un po' dalla curiosità del sesso e dalla voglia di scordare la madre per sempre. Qualcuna di voi è andata in analisi.

Tu, Manuela, per esempio, mi hai detto che volevi dimenticare la mia esistenza. Forse perché ti avrei tenuta al guinzaglio per tutta la vita e tu mi amavi troppo. Ancora adesso, a quarant'anni, aspetti che ti accarezzi e non raccogli certo la mia spazzatura per terra.

Ma le ultime due, le predilette, le più ingenue e le più maldisposte verso il potere, hanno cominciato a dire che era un'epoca nuova, che bisognava iniziare a rinnovare il mondo. E se ne sono andate. Una per una. Lacrima dopo lacrima. Se io un giorno potessi tornare indietro, figli non ne vorrei più. C'è sempre un'attesa che non si spegne. L'amore per l'amante è l'amore per i figli portato all'ennesima potenza. Se tu non riesci ad amare è per colpa dei figli. Se non riesci ad odiare è per colpa dei figli. Se non riesci a fingere è sempre per colpa loro. Allora dovrei dire che Dio li maledica. Ma non posso.

Morirò straziata dalle vostre stesse lacrime e da quello che mi avete negato: un'ora d'amore, una visita, una telefonata. Con me tutte le madri aspetteranno una vostra visita. Finché dal mio lobo non cadrà l'ultimo orecchino messo per piacervi. Perché le vere amanti, checché se ne dica, siete sempre state voi figlie. Perché io sono sempre stata innamorata di voi.

Mio padre aveva capito il mio destino di monaca e l'aveva aiutato. Mia madre lo aveva combattuto, dicendo che una donna che vive nel mondo avrebbe sofferto molto di più di una sciocca carmelitana dietro le sbarre. Lei non sapeva che cosa potessero dire le sbarre per una persona che cerca il silenzio, la solitudine e un dialogo diretto con Dio. E così mi fece fare una famiglia, quasi mi obbligò a sposarmi. A mia madre questo non l'ho mai perdonato: scaraventarmi in un mondo che mi è ostile, mentre io volevo pochi centimetri di cella.

Il convento della vita l'ho poi trovato nel manicomio. Lì ho sofferto mentre tutti tacevano, perché a tutti era vietato pensare. Nemmeno in Dio c'è pensiero: in lui c'è solo contemplazione. Anime e occhi che guardano soltanto il flusso e il riflusso della sua luce.

Esistono donne, come santa Teresina, che non hanno fatto niente di bello nella vita. Persone che sono state soltanto caritatevoli. Persone che si sono lavate da sole le lunghe, sanguinanti ferite. Io sono stata una di queste. Paragonano il malato di mente a un cane bastonato, a un cane che non ha la propria ciotola di latte, o gliela si fa avere di straforo, quando gli altri non vedono. Un cane oltraggiato. Un cane respinto. Ma anche i cani hanno una colpa: quella di assomigliare agli uomini.

Spesso ti chiamo, figlia mia, e ti dico al telefono che mi hanno dato o sospeso delle pastiglie. Tu lavori al Cps come infermiera specializzata e dici sempre: "Abbi fede mamma, abbi fede." E allora ti vorrei raccontare una barzelletta.

Una volta Cristo camminava sulle acque e Pietro volle seguirlo. Appena entrato nel Giordano, cominciò a lamentarsi. Diceva: "Gesù, l'acqua mi arriva alle caviglie." E Cristo: "Abbi fede, Pietro, abbi fede." Ma Pietro continuò: "Gesù, l'acqua mi arriva ai polpacci." E Gesù ancora: "Abbi fede, Pietro, abbi fede." Alla fine il disperato urlò: "Cristo sto annegando." E Cristo arrabbiato gli tuonò dietro: "Pietro, tu vivi soltanto sulla terraferma."

Manuela, tu hai fatto finta di non capire. Ma certamente se tu capissi, e Dio non te lo faccia mai intendere, ne moriresti. Pensa, figlia cara, figlia diletta, pensa che tua madre è stata offesa, mercificata e venduta. Pensa che tua madre ha dovuto prostituirsi e non solo carnalmente, e soprattutto per volontà degli altri.

E così ogni mattina, malgrado ogni accadimento, o con la febbre alta, o con le piogge torrenziali, tua madre doveva alzarsi e consegnarsi alla strada. Perché il custode lo voleva. Perché la mafia lo voleva. Hanno cominciato a chiamarmi la pazza della porta accanto. Nessuno poteva credere che fosse un ricatto mafioso.

Ebbene, Manuela, quando uno dei figli di Michele ti telefonò da Taranto e ti disse: "Venga a prendere sua madre che è totalmente impazzita", tu, Manuela, non venisti. Il tuo egoismo ti salvò la vita.

Così anche adesso, figlia mia, il tuo egoismo ha fatto di me Alda Merini. Figlia mia da cullare sempre.

Non so per quale diretta agonia cominciai ad avere altri figli, uno dopo l'altro, nati come grappoli d'uva ma facenti parte di uno stesso stelo. All'unico figlio, credi, per paura di perderlo, per paura di amarlo troppo, se ne aggiungono altri. Che poi non si amano tanto e loro se ne accorgono. Si preferisce il primo perché il primo vagito è nobile. Gli altri, che tu lo creda o no, sono lagne che fanno morire.

Maria nascente, Maria adolescente, dovevi essere bellissima. Una piccola oliva bruna. Forse figlia di un faraone, contemplativa e dotta.

Maria era a conoscenza dei segreti della vita, era una grande iniziata. Perché soltanto una grande iniziata avrebbe potuto render conto ai Farisei della nascita di suo figlio, che era figlio di una grande. Verosimilmente, per ragioni politiche, per ragioni di pudore, questo grande essere venne identificato con Dio. Ma non era così.

Maria poteva diventare una pubblicana. Invece, il suo

violento amore per la gioia della vita le fece concepire il figlio di Dio.

Chi avesse chiesto a Maria Vergine dell'inconoscibile e dell'ardore della sua follia avrebbe ricevuto un netto e categorico rifiuto.

Chi ha in sé il germe della nascita divina, chi ha in sé il germe della conoscenza, perché conosce il destino dei popoli, non può che mettere una barriera tra sé e la decisione di farsi donna unica, donna dell'unigenito.

A una donna così unica poteva capitare un unico figlio. Messa a conoscenza del suo destino di madre, Maria non si ritrasse perché era la Legge. Il mio destino è stato la legge dei manicomi.

Sono quasi sul punto di uccidermi. Vorrei tanto dar ragione a colei che un giorno ha detto una grande calunnia, che io non avevo cultura. Ma anche la cultura si fa sentire, è come una grande pressione nella mente, più forte del sentimento.

Non si può fare a meno della cultura. Non potrei vivere senza sentirmi chiamare signora. Eppure tutti mi chiamano Alda.

Signora significherebbe che ho avuto un marito, una casa, tanti dolori. Ma soprattutto tanta gioia.

Il nome Alda, invece, mi fa sentire ancora ragazza. E allora mi guardo le mani, i lombi, i piedi piatti per le grandi camminate nei laghi della solitudine e cerco di capire se c'è un linguaggio che corre dall'albergo al Naviglio.

Perché sono finita qua? Per un colpo di vento, perché come le rondini io ho sempre migrato, perché sono una zingara nata, perché come Titano non uso mai un vestito due volte e lo butto per la strada come un barbone o un grande ricco.

La donna che fa le pulizie si ostina a lavarmi i panni e a spazzolarli sino a renderli stracci, ma io lavandoli male li ho conservati per anni. E mi viene in mente una grossa lavatrice che venne posta a Taranto, vicino al mio letto, con dei panni intrisi di sangue; la misero in funzione per quindici giorni fino a che impazzii. Dentro c'erano i lini di Michele Pierri. Per quindici giorni non mi fecero più dormire. Mi rimandarono a Milano in quello stato, con gli occhi sbarrati, ormai incapace di pensare.

Si dimenticano spesso i figli, non gli amanti.

La figura più grata, più gentile e più cara che io abbia mai avuto nella mia vita è stata quella di mio padre. Di statura non superiore alla media. Con un volto soave e privo di cattiveria. Con quella dolce, rassegnata malinconia nello sguardo bellissimo. Mio padre fu certamente il mio primo maestro e l'elemento formativo di tutta la mia esistenza. Non cattolico, non fervente cristiano, e persino ateo, si arrendeva docilmente alla dolcezza di qualsiasi fede. E riconosceva la sovranità di un Dio unico e indiscutibile. Mio padre era monoteista. La pluralità degli elementi che più tardi confluirono nel mio sguardo, nella mia parola, nei miei gesti, fecero più parte di un paganesimo, in parte artificiale e in parte no, che doveva sublimare e accentuare la mia arte e natura.

Mio padre era un uomo adorante. Era un primitivo, provava stupore davanti a tutto. Era un uomo che benediceva la vita. Non ricordo di avere mai sentito mio padre lamentarsi di una qualunque cosa.

Morì santamente e dolcemente di infarto in una notte di inverno, mentre fumava la centesima sigaretta della giornata. Mio padre era come me, fumava e sognava. E mia madre era gelosissima di quei sogni di cui io invece andavo orgogliosa. Era un sognatore buono e anche un pigro. Ma soprattutto era la persona che eccelleva sempre dove occupava un posto di lavoro. Intelligentissimo e logico, aveva una maestria con i numeri che mi pareva di parlare con lo stesso Pitagora. E io ero la sua prediletta. Mio padre era un sognatore, ma gli piaceva anche viaggiare verso il mondo con la fantasia e la sua tempra più dolce. E il suo desiderio più grande era di essere simile al Nemo di cui portava orgogliosamente il nome.

Certi sogni nascono scorretti fin dalla primissima infanzia. E di fatto si ricordano traumi fetali e gestazioni prive di gaudio. Come la natività sofferta del Cristianesimo, di un figlio non voluto, che pure era figlio dell'Altissimo. Un figlio che andrà a incenerirsi sulla croce, in un rogo di dolore perenne.

Spesso mi domandano che cosa fanno le mie figlie e perché sono tanto lontane. È una delle domande più indiscrete e cattive che mi possano fare. Però mi faccio forza e rispondo che madri abbandonate come me ce ne sono parecchie e si tratta di un autentico abbandono. Io sono una madre e una donna che non cerca di coprire i propri vizi o quelli dei propri figli. Però mi chiedo: perché solo i miei e non quelli degli altri? Perché la gente si consola della proprie disgrazie guardando i difetti delle altrui famiglie.

Dovrei spiegare a questa povera gente il male che hanno fatto alle mie ragazze, che ancora mi fuggono come la peste perché io non chieda loro: "Che cosa ti è successo in quell'altra famiglia?"

Dico senza vergogna che al terzo parto, quello della mia Barbara, mi venne presentato un foglio sul quale mia figlia veniva chiamata feto. Domandai al primario perché la mia bambina così bella fosse stata ridotta a quella parola. Lui mi rispose che era una terminologia medica. In breve, ho venduto la mia creatura per una ignobile truffa linguistica.

Erano stati quelli i nove mesi più belli della mia vita e avevo tanto sperato di tenermela. Avevo capito che mio marito non la voleva e che forse la giudicava frutto di un amore clandestino. Ma anche se in manicomio ho amato tante persone, o per lo meno ho pensato di amarle, la bambina era frutto del mio amore alla vita. Potrei dire in modo paradossale che non ha avuto un padre, o che forse ne ha avuti molti. Mio marito, comunque, appena la vide l'amò subito. Quando me la portarono via sembrava impazzito.

Alla mia bambina queste cose non le ho mai dette. So che non le capirebbe, perché venne traslocata da una famiglia all'altra come una povera pezzente.

La stessa cosa accadde per Simona. La madre adottiva aveva perso una bambina e ne voleva un'altra per rimpiazzarla. Aveva chiesto a mia figlia di somigliarle e la pettinava e la vestiva come se fosse sua. Finché Simona non si ribellò. Un giorno a scuola l'avevano chiamata Carniti e allora chiese alla madre affidataria perché le avesse nascosto l'esistenza dei suoi veri genitori. Lei non seppe dare spiegazioni. Simona scappò una, due, tre volte con il suo cane San Bernardo, ma la ripresero subito.

Ormai il suo rapporto con la madre adottiva si era interrotto. Non è difficile capire che Simona era diventata una bella adolescente e che la madre adottiva ne aveva paura, ne era gelosa. Queste spiegazioni alle donnicciole del mercato non si possono dare, perché un bambino non è l'equivalente di un cocomero o di un chilo di pesche.

Ultimamente Simona mi ha chiamato al telefono e mi ha detto la cosa più vistosa della mia vita: "Mamma, ti voglio bene." Più che per me, sono stata felice per lei.

La strategia della vita ha messo sul tavolo dei valori tante esistenze. Dimorare con altre vite per l'uomo è importante, ma il problema non è capire che cosa fanno gli altri, ma che cosa sono e perché irrompono nel privato dell'indecenza. L'indecenza è il grande dolore anatomico, che comincia dal proprio cordone spezzato fino al rifiuto dei figli.

Chiedere dove sono i tuoi figli è come domandare dove sono i tuoi commensali. Se mangi da solo, è colpa della vita, non dei figli. Come Dio ha creato l'uomo e lo ha lasciato andare libero di scegliere, così un genitore fa un figlio perché percorra la sua via, tanto è vero che lo educa al cammino. Se l'uomo educa i figli al cammino vuoi dire che in fin dei conti, malgrado la gioia che gli hanno dato, desidera rimanere solo. Il figlio è così sensibile da sentire questo abbandono fin dal grembo materno. Lui non conoscerà mai le ferite della madre, né la madre le ferite del figlio. La nascita dell'uomo prevede un grande taglio.

Come donna non ho niente da dire, se non che non sono stata una buona madre. E come madre avrei avuto da ridire sul mio conto, ma non potevo immaginare una simile tragedia all'interno della tragedia, che era la mia malattia. Perché io nego l'esistenza della malattia mentale e considero gli autori gente che si immerge a capire o a cercare di capire che cosa è il bene e il male senza conoscere la filosofia. Sto scrivendo un trattato che serva semmai a dichiarare a mia figlia un atto di amore tardivo e inconcludente. Certa che la povertà e la polverizzazione dei ricordi migliori mi hanno condotta allo sfacelo insieme alla somma ignoranza e a una notevole invidia.

L'invidia è una cimice fredda che sta spesso negli occhi e nelle orecchie delle donne stanche e nostrane e di pochi peli sulla lingua. Una vicina che vive con due uomini dice che sono di facili costumi e mi ha persino accusata di amare un prete.

Spero che muoia in tutta discordia divina. Perché i figli, per Dio, sono creature sacrosante del mio Signore.

Forse le mamme hanno ragione di gridare ai quattro venti: "Questo figlio è mio, è mio soltanto."

Queste illustri insegnanti, questi pedagoghi non riconosciuti, queste madri che all'atto della nascita vengono istintivamente erudite, che celebrano in silenzio le ansie, i dolori, le esperienze dei propri figlioli, non si staccano mai da loro neppure col pensiero. Non possono dire ai medici, ai parapsicologi, ai professori, come siano arrivate a tanta conoscenza.

Ma non lo sanno nemmeno loro, perché ogni volta che nasce un bambino non s'accende soltanto una luce di vita, si nasconde un segreto addio da madre a figlia.

Si cominciano a risalire i gradini di una grande rinascita, di una grande conquista, che potrebbe essere anche un fallimento se il bambino non riesce a piantare la propria bandiera sulla vetta giusta nell'ora giusta e con mani giustamente ferme. Di questo tremore la madre trema e ha paura.

Siete sempre voi, carissime, la mia grande ossessione e la mia grande illusione. Ci sono tante madri che, tremule come piccoli alberi di Natale, vagano sul Naviglio d'estate stringendo forte i denti per non sentirsi morire; abbandonate, forse preda di scherni, forse preda di grandi rapine.

Per quanto frughi nella mia memoria, nessuno mi ha derubata tranne voi, nessuno mi ha violentata tranne voi. Cerco nella spazzatura da anni gli avanzi di quelle Stop senza filtro che saziarono il mio amore, mio e di vostro padre. Allora ne fumavo meno di adesso, metà per ciascuno e ogni bacio era un figlio. La follia di vostro padre per ogni vostro piccolo malanno. La mia grande follia per ogni vostro scherzo infantile, a volte impietoso. Ogni gravidanza è un pericolo, la paura di perdere la ragione. Vostro padre che mi gridava, i parenti che mi gridavano e io avanti, imperterrita fino alla fine. Finché avevo la gioia di vedere il colore della mia vera grandezza: la forza di fare un figlio malgrado la malattia mentale.

Ci fu un momento, Barbara, in cui ogni pomeriggio andavo in chiesa. A ogni santo tu mi balenavi nel cuore ed era la felicità più profonda. Mi dicevo: "Forse stavolta la posso tenere." Invece no, furono aborti mentali. Sono cose tristi che vi racconto, proposte di aborti terapeutici, richieste continue di denaro per la vostra salvezza.

E così oggi, Barbara, ti ho rivista e mi hai detto cose terribili, come sempre ogni volta che ti vedo. Vuoi partire in fretta per non ricordare. Non so quanto tempo mi rimarrà ancora, se vivo tra un albergo e l'altro, tra una miseria e l'altra. Ogni tanto mi illudo di amare. Amare potrebbe voler dire fare un figlio. E subito mi viene un insostenibile dolore al cuore. Preferisco morire qui, lontano da tutti.

Non riesco a sorriderti, Barbara, e tu non mi sorriderai mai. Mi domandi a volte perché hai gli occhi color nocciola: perché sono gli occhi di tuo padre, del tuo vero padre, quello che un giorno ti lasciò andare. Una gelosia ti trafisse il cuore, ma eri solo sua figlia.

Mi hai parlato oggi di una donna estremamente cattiva, che è la sorella di tuo padre. Mi hai detto che mi ha sempre invidiato e che ha invidiato la mia e la vostra bellezza. Può darsi.

Vorrei farti una domanda terribile, Barbara: si può commettere una cattiveria simile fino al manicomio? Tu non lo sai ed è meglio chiudere gli occhi su questa vicenda.

In albergo sono circondata da gente che lavora, da gente che si sacrifica, in breve dalla Mongolia, da gente che pulisce, che cambia ogni giorno le lenzuola. Ogni mattina un deposito di lenzuola enorme giace sopra il tavolino da notte, tanto imponente da uccidere un poeta. Allora mi sono messa a sciuparmele io, le lenzuola, a fumarci sopra e bruciacchiarle. La roba la lascio per terra. Mi hanno tolto anche la scopa in modo che non possa lavorare. Sì sono una strega, una brutta strega senza scopa. E allora mangio, bevo, telefono a tutti, ma non chiedo di voi.

Siete la mia canzone interrotta e quindi l'amore che in albergo non si sente.

Chi ero io da giovane? Una ragazza come voi.

Ma io ho avuto una grande fortuna: una famiglia. Io ho avuto un padre e una madre, voi no. Eravamo felici e nei quaderni nostra madre, d'estate, metteva uno spigo di lavanda. Poi c'era il calamaio contro la finestrella della casa di campagna, dove veniva Croce qualche volta, nella val di Susa. E poi c'erano le corse in paese con le scarpette da tennis, e gli incontri bellissimi con la gente bene di Torino. Un'infanzia fantastica, una gioventù prodigiosa, una madre che era un inno alla felicità. E ogni settimana una lettera accorata d'amore della mia mamma in cui mi diceva che ero la più bella bambina del mondo. E poi la raccolta delle pagelle anno per anno, ogni trimestre la firma fedele di mio padre. Poi la regina di maggio, Maria José del Belgio che mi mandò a otto anni il primo diploma di poeta. Era bella Maria José, seguo ancora il suo esilio.

Mia madre teneva in camera un'augusta foto dei sovrani d'Italia. Faceva fare per noi abiti alla moda come i figli della regina. Poi tutti i film di Shirley Temple. La mamma me li fece vedere tutti, e come in *Bellissima* mi mandò a scuola di danza e recitazione. Imparai molte cose da bambina, soprattutto a tavola. Prima del pasto la mamma guardava lungamente mio padre, facevamo una breve preghiera per la nostra piccola comunità e ringraziavamo il re e la regina per quello che ci avevano dato.

A Natale, e solo a Natale, un grosso cappone cuoceva per quattro ore. Poi c'erano i presepi semoventi. Mia madre era un'ottima artigiana e faceva le figurine una ad una. La notte della vigilia si alzava in silenzio, deponeva il Bambin Gesù e tornava in camera in silenzio. Io allora dormivo con i miei genitori e avevo un letto con due sponde, proprio come quelli che più tardi ebbi in manicomio. Riuscivo con un balzo ad arrivare in cucina, tornavo senza respiro e credevo che Gesù avesse veramente messo i doni. Mia madre doveva farmi riprendere fiato e soltanto verso mezzogiorno riuscivo a capire che era giorno pieno. Allora mio padre, per farmi mangiare, diceva che era meglio togliere Gesù dalla mangiatoia. E mia madre mi dava uno scapaccione perché diceva che Gesù stava bene lì. Litigavano sempre per il presepio mio padre e mia madre.

Nel pomeriggio di Natale si aprivano i regali, ogni parente portava il suo dono, si giocava fino a notte fonda a tombola coi fagiolini che suonavano in un sacchetto, poi a nanna. Questa tensione durava fino al sei di gennaio, giorno in cui i giochi venivano riposti e si tornava a scuola.

Quanto ho sperato che anche la mia famiglia potesse essere così. Quanto ho pregato. E ti assicuro, Barbara, che quelle minestre non furono mai condite né dall'insania né dalle lacrime.

Il giorno della festa della donna mi regalai una mimosa, senza radici, senza canto, senza sintonia d'amore.

Un ramo che si piegò presto, dopo che l'ebbi portato nella mia solitudine di poeta. Solitudine di tante madri che hanno dovuto spegnere nel loro corpo la memoria dei figli.

Saperli vivi e vincenti non giova a nulla.

L'urlo materno fatto puramente di carne non può essere visto né udito da alcuno. Io donna sterile ho pianto quel giorno sulle vittime di tanta amara concupiscenza, e non ho più osato alzare lo sguardo verso la Croce. Perché, dopo tutto, anche Cristo una madre l'ha avuta.

IL DOLORE

Baratro oscuro, deflagrazione,
scintilla che muove il passato,
caviglie che si rompono
nel correrti dietro, dolore,
tu sei la lepre viva
che le mie mani conoscono
fin dall'infanzia.

Scrivimi, te l'ho detto tante volte, scrivimi una lettera lunghissima che parli solamente di silenzio. L'altro giorno per te ho scritto ventisette pagine parlando di chissà dove.

In nome della morte avrei voluto mettere un paltò d'inverno e scendere al tuo funerale. Scendere nella valle del desiderio, dove si spengono tutti i conati d'amore.

Questa morte è il mio vomito tremendo contro una società tremenda che si occupa solo di festini.

Quando ho saputo che eri morto sono corsa a fare la spesa con i buoni dei dementi. Ti ho preparato un piatto caldo e un letto d'alloro.

Ma non c'era un amico alla festa dei morti.

Era tanto che volevi, Roberto, e Dio te lo ha concesso.

Mi sono detta: una tregua per un padre che era troppo potente per essere disonorato dalla viltà dell'uomo.

Ogni tanto dalla destra del tuo costato esce un'ombra. E diventa sempre più grande, sempre più nera. Sono i momenti peggiori, quelli in cui subisci un'operazione chirurgica senza anestesia, dolorosissima. È un'ombra che spaventa, e che altri chiamano poesia. Ma non è lei, è la solitudine.

La solitudine in un attimo fa sparire tutti i tuoi mariti. Diventi una fredda casalinga lagnosa, piena di accidenti corporei, che corre a disinfestarsi e che si riempie di palliativi.

Vuoi invocare un telefono. Vuoi invocare un treno. Vuoi invocare una qualsiasi lettera. Vuoi guarire e vuoi morire a un tempo. Non ti viene mai in mente che potresti semplicemente vivere.

Della vicina di fianco conosci soltanto la schiena. Sei abituata a pensarla con le mani tozze e gonfie, che impasta gli gnocchi della domenica, con i capelli fermati da mille e più bigodini. Della vicina di fronte conosci solo il peccato mortale, e del suo uomo le figlie che vivono con la moglie.

Ti resta il bar della domenica, dove paghi una coca-cola diecimila lire. Il ricordo ostinato di Maria Corti, che ti ha promesso monumenti nazionali. Lo sciroppo per gli anziani.

Quando calpesti i versi di Baudelaire caduti per terra, su cui hai rovesciato la minestra, gli dai un calcio negli stinchi. E li butti nel cortile.

Cos'è il dolore? Una traccia di nero nella coscienza, un segno di demarcazione, una cancellazione improvvisa. Qualcuno che ti ha sfregiato, ma più che sfregiato ti ha sepolto, ti ha dimenticato. Tu cerchi di capire perché la persona amata ti abbia lasciata sola nel freddo della tua demenza, nel duro della tua pazienza, ma non ti rimane che una nascita divorante, un pugno di paglia sofferta su cui non vuoi più adagiarti.

Il dolore è un pugno di fango con un alito di anima così sottile da far pensare alla prima gettata dell'uomo.

Forse Dio non usò del fango ma della calcina, forse Dio fece Adamo con un marmo pregiato, un grande marmo bianco, forse Dio lo cavò dalle sue stesse mani, forse Dio, che aveva anima d'uomo, sentì che questo marmo gli premeva le dita. E fu uguale a Michelangelo.

Quello che il poeta non sopporta è che Dio l'abbia creato tale e che gli stia alle spalle come un guardiano, un grande insegnante che fa scorrere le sue dita sulla materia, che lo mantiene sempre in età scolare, che non gli vuole spiegare perché lui non abbia conosciuto la morte.

Dio è lontano da noi molti anni luce. Forse è già morto, ma noi ne sentiamo ancora i palpiti, i veleni e l'impostura; se Dio ha creato l'amore, ebbene noi ne facciamo a meno; se Dio ha creato i figli, noi li rinneghiamo. Finché lui, il nostro precursore, non ci spiegherà perché l'uomo è nato. Perché è nato metà uomo, metà serpente. E anche santo.

Torso umido addio, torso che veli il cuore mio fin dal mattino. Non ti chiedo l'intolleranza del caso: tu sei felice, temi solamente che la piaga notturna del mattino, la diva luce dalle bianche braccia, ti avvii nel bene. Solco di minaccia, addio. Ti lascio, polvere, cenere e bel suono, o volto di ragazzo e mio abbandono.

La mattina dei funerali di Roberto, la Laura e Borsani mi aspettavano al cavalcavia. Andammo a piedi fino al cimitero Monumentale. Indossavo una graziosissima gonna estiva, ma non avevo bevuto neanche un sorso d'acqua. Mi girava la testa. Era da molto che, quando prendevo il metrò e sentivo quei bassi rumori della sotterranea, avvertivo un misterioso impulso di buttarmi sotto il treno. Era un richiamo così violento che spesso piangevo e mi attaccavo ai maniglioni. Si trattava di una orribile labirintite che mi faceva scoppiare la testa, dovuta ai continui allagamenti dell'assassinio.

Arrivai al Monumentale stremata dal freddo e dalla fame e mi venne fatto di inginocchiarmi davanti a Roberto. Così, quasi per un rituale segreto. Toccai leggermente la sua bara e sentii un tonfo al cuore.

Il senatore mi aveva alzata e mi aveva guardata a lungo negli occhi, chiedendomi se sapessi qualche cosa di più preciso. Avrei voluto dirgli che sapevo tutto, ma non potevo parlare.

A distanza di tempo so chi ha ucciso Roberto, ne sono amaramente convinta e so anche chi tace su questo obbrobrioso silenzio: una donna, una donna che per un amore infelice, un matrimonio andato in pezzi, cercava disperatamente l'unione e la protezione di un potente. A quella donna vorace io ho voluto bene e ne ho anche capito gli ingiustificati motivi: è difficile dire di no all'uomo che si ama, anche se quell'uomo ci addita le vie dell'inganno.

Questa è l'igiene mentale programmata dai nostri dei. I nostri dei sono ancora vivi e sempiterni, e l'Olimpo non è mai tramontato. Giunone patisce collere inaudite, Giove va e viene nelle sembianze di un cigno, di un camaleonte, o dell'albero dove è sepolta la faccia strana della moglie del custode, che ancora guarda incredula verso l'alto. Incredula perché il marito l'ha strangolata e poi le ha dato onorevole sepoltura.

La pianta si è fatta rigogliosa, le felci sono bagnate quotidianamente dall'amante del custode, la quale non fa che ripetersi giorno e notte che è costata un delitto d'amore al suo uomo. Quante donne, quanti mirabili donne vorrebbero che il loro uomo uccidesse per amore. Ma sono mirabili o compatibili? Sono sante o sgualdrine? Sono madri o assassine? La gelosia non può competere, per quanto sia un sentimento folle, con questi attacchi di rabbia inaudita.

La femmina che si comprime il ventre nel vedersi abbandonata dal proprio uomo, l'antica Fedra che c'è in ognuno di noi, non può che soggiacere al fato. Mentre gli dei sconfinano nell'aria, questa Fedra ormai vecchia, piena di humus terreno, sono io. Sei tu giovane donna che stai scrivendo le parole che detto. Nessuno avrà mai sentore di quanto sia mastodontica la tua rivolta.

Eppure tu non vuoi il delitto, eppure non vuoi la tua morte, perché anche tu nella vita ci scorri. Perché sei il canto della vita. Tu non conosci né mura né barriere, entri ed esci dai boschi come una romantica dea, e io non ti vedo accanto a nessun uomo, perché sei nata sola, come tutte le cose tue. Ma le cose pure non hanno rispondenza neppure nel cielo.

Pensa, cara, non c'è immagine di te lassù e neanche per terra. Tu non avrai mai fede, né potrai averla, perché gli angeli non sono così femminili come tu sei. Gli angeli sono dei ribelli e tu non sei ribelle, gli angeli sono orgogliosi della loro posizione accanto a Dio e tu non sei orgogliosa del tuo amore, ma lo soffri, e lo soffri inutilmente. Perché mentre tutte le donne si ostinano a dire: "L'amore è eterno e non finirà mai", tu sai che il tuo amore finirà, fosse anche solo con la fine della vita. Tu tremi per la terra, e tante volte vorresti morire. Queste cose, Chicca, le sanno i filosofi e te le hanno dette in segreto.

Non si può scrivere con la fame alle calcagna e con una presenza ossessiva alla porta. Mi era necessario a quei tempi camminare a piedi nudi, perché sentivo scorrere attraverso il mio corpo l'antenna di uno straordinario desiderio di amore. Ero io la detentrice di quello strano potere metafisico che sempre aveva inondato le mie liriche. Era il tempo del *Delirio amoroso* e a nessuno avevo raccontato le beatitudini delle sere d'agosto, quando Dio mi inondava di profumi e di grazia.

Le cinque orrende assassine mie vicine di casa, vedendomi camminare a piedi nudi, avevano diagnosticato tra di loro un'assurda paranoia da telescrittura. L'orribile vicina sapeva fare le iniezioni e così, adagio adagio, aveva inoculato a quelle grassone un po' di letale veleno, tanto che il pomeriggio era afflitto da uno straordinario silenzio. Si sentiva il loro russare ubriaco fin da sotto il pavimento.

Accadde in una notte d'estate, mentre ero aggredita dalla malinconia e dalla fame. Quando il custode abusò della mia dimenticanza.

Erano tutte concordi nel volermi molestare. La viscida intolleranza di queste cinque casalinghe, gelose dei loro straordinari e piccoli mariti, invidiose dell'ascendente che avevo su Nicola e sugli altri editori, aveva formato il diapason di un Dio cruccioso, che si era esteso fino alle mie figlie.

Nelle mie poesie racconto spesso che la mia vita è stata povera, misurata e con deboli venti di allegrezza, perché l'umiltà è il miglior dono che l'uomo possa fare a se stesso. Bisogna disconoscere i doni che Dio ci ha dato e metterli in un canto. Nella speranza che un giorno il Signore ci riveli la vera entità del suo tesoro.

Alle nove, quando abbandono le mie mani alla finestra in cerca del ricordo, trovo una ghigliottina che le tocca. E come se nell'antro di una sequoia trovassi il favo di un miele traslato, nessun orso che mai gli si avvicina. Sì, tante sono le api del pensiero.

Prendimi forte qui, sopra le spalle, proprio ai confini della mia parola e dammi un bene di desolazione.

Entra in scena una donna. Parla con accento nostalgico e non vede ciò che ha alle spalle: un grande fumo, del vento, della pioggia.

La donna: "A quest'ora lui suona perché tira vento e ha paura del vento, come dei sensi della ragione. Ma io ho paura di lui. Nessuno dei due ha un tetto, una casa. Ma se la paura ha una figura, noi amiamo una femmina comune, solo che la paura si accoppia spesso al dolore."

Da dietro le quinte Lucio Dalla intona "Te voglio bene assai..."

La donna continua a parlare: "La parola bene è un beneficio che mi è ignoto. Però, malgrado tutto, ogni cosa dura in eterno. Bisogna ben dire che se la vita non è atroce è atrocemente bella, e che su questo cammino ho incontrato anche lui. L'uomo che perpetra il bene, l'uomo che lo disfa, l'uomo che lo canta, l'uomo che lo fa imparare.

"Ogni donna dà spettacolo di se stessa e la maschera da teatro mi è congeniale. Che lui sia una maschera?"

Alle spalle si sente: "Non sono una maschera, ma sono un uomo che vuole cantare i tuoi schemi e romperli definitivamente."

La donna: "Per grande che tu sia, non sei l'evento migliore della mia vita. Ma non sono io che conto sul tuo cammino e su quest'aria impubere che ti circonda. Nessun poeta è mai diventato eterno."

Dalla: "Vuoi che rimanga cieco per amor tuo come Omero? Vuoi che vada in giro scalzo?"

La donna: "L'uomo che amavo era scalzo e non ti dico per quanti sentieri mi ha portata fin dalla vita.

"Ma la conclusione di tutto questo è inevitabilmente la morte per libera accettazione di entrambi.

"Perché ogni uomo, amico che mi stai alle spalle e che non voglio vedere, è grande come le sue ambasce. L'uomo non ti lascerà mai toccare la tua felicità e la felicità è come un grido.

"Il grido migliore prima che tu venga a rinnegare il tuo creatore."

Dalla: "Ma se io suono, questo non ti parla di Dio?"

La donna: “Il tuo è uno strumento d’angolo, non si vedono mai le caverne del nostro pensiero. Ogni donna abita nella caverna del suo pensiero ed è corrotta dai fumi del vino. Tu bevi?”

Dalla: “No, ma vorrei farlo per capire se il mondo è ebbro o sa fumare solo parole.”

La donna: “Non so più che cosa voglio, ma certo non vorrei incantarti, non vorrei che tu credessi a una falsa testimonianza.”

Dalla: “Che cosa sei tu?”

La donna: “Che cosa sono io? Tutto in me è falso, a cominciare dal brigantaggio che difendo, perché anch’io ho l’anima del brigante e difatti tu mi hai cantata bene. Ho l’anima di un giovane assassino.”

Dalla: “Ma come fai a uccidere?”

La donna: “Con l’immaginazione.

“L’immaginazione è un correlato di musica.

“Perché tu canti la nostra immaginazione?

“Perché offri da mangiare e da bere a un’anima così schematizzata?

“Se le anime non avessero nutrimento potrebbero tornare indietro.”

Dalla: “Posso essere tuo ospite?”

La donna: “Io non ho dimora.

“La dimora nella quale sei entrato era una farsa, tanto è vero che me ne sono andata. Era stata preparata lì per lì, con degli aggeggi inutili, delle campane inesistenti.

“Io volevo cantare un’immagine, non un cuore.”

Dalla: “E questo tu lo chiami brigantaggio?”

La donna: “Sì, perché lo hanno ucciso i briganti, quelli che si trovano sulle vie dei giusti, quelli che pregano Dio per le loro canzoni.”

Dalla: “Tu volevi la prova di tutto questo?”

La donna: "Io volevo soprattutto che tu mi cantassi come tutto questo è avvenuto."

Ho mille borse di linguaggio sotto gli occhi, inespresse, che durano alla morte fin dal mattino di questa vita arida che mi fingo gioiosa, densa di libri, di cose che ormai odio, che non riesco più ad amare.

Libri che mi hanno sedotta e abbandonata.

Una volta entravo nelle librerie con tanta paura di essere mandata via perché non ero all'altezza. Oggi, che potrei studiare, ho riempito la mia mente di vuoto, talmente tanto che mi sento più ottusa di quando era ragazza. Non ho più voglia di leggere, penso che dietro ogni libro ci sia un uomo circospetto.

Un uomo che mi guarda, un uomo che da me vuole imparare a leggere e a scrivere, a vivere di dolore supremo. Ma ciò che gli altri non sanno è che per me il dolore ha una dimensione così personale, che al plurale io la chiamerei gioia letizia.

Non è mio il dolore comune, quello che allinea tante persone davanti agli stadi, alle cineteche, che persino allinea gli innamorati l'uno nelle braccia dell'altro. Il mio dolore è una "oh!" di meraviglia davanti al creato.

È l'impegno o l'impressione che Dio mi abbia emarginata dal suo grande sapere.

Non mi confronto mai con i gaudenti della sapienza, con quelli che ti condannano a morte con le tante discipline, con gli aspetti più vecchi della civiltà dei conservatori. Sono stata tra i goliardi più come ammiratrice delle loro critiche illustri.

Paolo, nelle confidenze segrete ridevi come un pazzo ricordando che il grande Eugenio chiamava il grande Salvatore “Quasimoduccio mio”. Tra i due c’è stata aria di festa, aria di simbiosi amorosa, finché non è entrato come un nerissimo fasto il germe della politica nera, l’odio circoscritto al turbine dei poeti. Pur di dire che si è casinisti, si dice che si è politici veri. Ma in fondo era odio, Paolo, o soltanto un gioco tra ragazzi.

Gli assegni vengono emessi per circolare indisturbati nel mondo, sono come gettoni di presenza. Ogni banca possiede questo arco, terribile e minaccioso, che è la moltiplicazione degli assegni. Un flusso che invade purtroppo il campo della parola.

Spesso gli assegni fanno impallidire, spesso fanno morire. Spesso feriscono il cuore e tornano indietro a chi li ha emessi per povertà, per accidente o per pura casualità. L’assegno non ha mai avuto un conio, è un tacito accordo tra uomo e uomo, una tacita corresponsione di colpe e soprattutto un grande adagio che può condurre alla morte.

Dovrei tacere su questo furto, è meglio, l’ho voluto io. Mi sono circondata di stupide carogne, di gente opportunista. Il che non vuol dire che siano ladri, ma peggio. Il ladro è circospetto e non è così sfacciato. I ladri sono sempre stati degli avventurieri, nere farfalle che arrivano di notte.

Quella notte, invece, mi arrivò uno schiaffo terribile.

Il fotografo non è più venuto. E la falena della mia esultanza si è spenta a poco a poco.

Poi ho incontrato te, che mi hai mostrato il mio cortometraggio sul giornale.

Sono scappata di corsa dalla casa che non ospita nessuno. Poi non lo so, ma i conti non tornati, una pioggia di sole che trascina le donne caserecce nella valle: come mostrarti queste mani nude?

E tu chi sei? Non sei ragionamento, non piacere, né premio della vita. Vengo a vederti, ma ne ho visti tanti di ragionieri della mia paura.

Poi che ti fanno? Ti mettono su una barca e ti dicono: "Sogna anche per noi." E ti dirottano verso una cascata senza rimorso.

Hai un volto di canzone e come Dio mi rumoreggi intorno con le corde.

Vorresti farmi vittima del cuore e nessun tordo che disegni la bocca mentre tu dici parole controvento.

I tuoi balconi sono le minacce. Allento la mia corda del discorso e intanto mi seduci.

Nessuno mi ha chiesto come farò a telefonare a Roma da un albergo senza telefono, che ora è la mia casa, perché nessuno mi ama. E naturalmente non si possono inviare parole d'amore attraverso la vicina di casa.

Manganelli faceva salti di gioia quando scrivevo, non tanto per quello che scrivevo, ma perché io ero viva. Senza volerlo, Giorgio però mi aveva affidata alle cosche, neppure lui aveva creduto alle facce deplorevoli dei miei racconti paurosi. Ma più tardi si era morso le dita. La sua superbia e la sua gelosia mi avevano ottenebrato la mente.

Le cose mediocri non stanno nel mio pensiero, era inevitabile che scoprissi i delitti della vicina di casa. Fu proprio la presenza della pazza della porta accanto a spingermi a scappare.

Ciò che il poeta chiede alla società è di avere un posto qualsiasi nella vita e, guarda caso, un posto coerente. La diversità di cui si accusa un poeta è falsa. Ce la mette tutta, per esempio, per essere uguale alla pazza della porta accanto, visto che lei è incoerente e folle ma ammirata da tutti.

Ciò che ho chiesto in tutti questi anni è di partecipare ai dialoghi insensati delle mie vicine di casa, che mi chiudevano la porta in faccia non appena aprivo l'uscio. Ma non è una cosa di adesso, loro odiavano anche mio marito.

Debbo dire che in fondo, bene o male, queste folli megere mi hanno salvata, mentre hanno ucciso il mio coniuge, che era bello, prorompente di vita e forse le aveva affascinate. Porto su di me l'odio di questo amore che mio marito non ha mai voluto coltivare. Era difficile entrare nel cuore del mio compagno, ma non era difficile entrare nei suoi sensi.

Adesso che Ettore non c'è più, il loro appetito è diventato torvo come le apparizioni della luna. A ogni cambio di luna il custode, ormai defunto, lancia gemiti disumani.

Mi avevano raccontato che nelle notti di plenilunio si copriva di peli immondi e andava in cerca di efebi, quando non di bambini. La cosa spaventosa è che le comari del vicinato trovavano la cosa naturale. Un vecchio muratore mi diceva delle innumerevoli passate di shampoo che il custode si faceva per nascondere la sua identità e di un enorme taglio che aveva sul capo.

Nel narratore prevale la voglia di scrivere più di quella di vivere. Per questo, staccati gli ormeggi dell'albergo, sono tornata in questa casa di deplorevoli inganni.

Quando al mattino con le scarpe sfilacciate, e tante volte spaiate, andavo al centro di igiene mentale, ci andavo per un'unica ragione: perché avevo chiesto all'operatore di rimettermi in mano la penna e questi pazientemente mi aveva aiutata. Le idee c'erano, ma mancava la volontà di scrivere, come oggi manca la volontà di vivere. Ho bisogno di incunaboli umani per poter lavorare. Li amo perché fanno parte della mia vita e del mio stesso destino.

Il grande polmone del poeta, come la grande follia del custode, si alza col levare della luna.

In quell'ora il poeta diventa un dromedario eccellente che attraversa il deserto della sua solitudine, cosparsa da tante mine che sono le sue parole.

Charles era un essere squallido e disadorno che era venuto ad abitare in casa mia perché Michele non mi voleva sposare. Stanco e solo, aveva paura di mettere a rischio la mia vita e aveva affittato questo poco di buono perché mi regalasse un po' d'amore. Ma quell'amore fu così torbido che per tre mesi non ci alzammo più dal letto. Quando riuscii a liberarmene, quando mi confidai con Michele, lui mi diede un ordine preciso: "Scappa da Milano, ti si sta stringendo intorno il cerchio della corruzione." Charles mi aveva fatto conoscere una dimensione della mia anima che non conoscevo.

Il dubbio comincia sempre con un piacere viscido e informe che si allunga a misura d'uomo, a misura di un frontespizio, di un volume che può anche diventare non narrato. Perché si scrive? Perché si vuole comunicare agli altri la propria leggenda personale? E fino a che punto la vita è leggenda e non vita? Perché Leopardi preferiva visitare l'amore di Silvia in veste monacale, quasi che Silvia non avesse un corpo e un desiderio? Perché questa ferocia verso se stessi?

Ho visto donne avere caverne al posto del cuore, viscere al posto del sangue. Ma per ogni battaglia, per ogni commistione di sangue, c'è la speranza di un riposo senza il traguardo della menzogna.

L'uomo mente rispetto alla legge o rispetto alla propria identità e può chiamarsi identità la colpa di essere conficcati in un ideale che si trova ben lontano dalla nostra sorgente fisica. Diciamo pure che non si è mai visto un poeta privo della propria leggenda, né qualcuno che dicendo pane al pane e vino al vino venisse creduto.

Ho cercato i colpevoli della mia ignoranza e, quando li ho trovati, i miei stessi amici, e gli amici dei colpevoli, hanno detto: "Sono soltanto sue affermazioni", tirandosi indietro da quel retaggio legale, da quel teatro di avanspettacolo che è la legalità.

Caro,

mi alzo a scrivere controvoglia perché sono costretta a orari sempre meno verdi, sempre meno felici, e perché certe mignatte debbono per forza campare sopra i miei scritti, che vorrebbero essere alati e non infingimenti letterari. Comunque ti dico che il modo migliore per far capire alla gente che qualche cosa non va per il suo verso sono le bastonate del custode, che è amico di Titano. Amico forse non è la parola giusta, perché Titano non è capace di queste drastiche concessioni. Ma abbiamo anche inteso, tu e io, e tanti altri, dove vanno a finire i sani principi della plebe di cui io faccio tuttora parte. Che cos'è la plebe? Un meato di libertà. La plebe è qualcosa di immondo, costretta a muoversi nel fango della sua ignoranza, della sua cattiveria. La gente diventa plebe quando comincia a mettere in testa agli altri cittadini che debbono, come loro, mescolarsi nel fango.

Il mio pensiero costante è di rimuovere quel grosso macigno che mi stava sul cuore per la morte di Michele Pierri e di riportare alla luce la sua non colpevolezza.

Al centro mi avevano sposata, se così si può dire, con quella faccia di palta che era il custode. D'altra parte l'operatore psichiatrico lasciava dire ai pazienti che ero innamorata di lui. Ma la cosa era inversa. Io lo vedevo solo in funzione della sua funzione.

Di queste cose mi rendeva edotta Titano con quel suo eloquio smozzicato, breve, che aveva paura di compromettere la sua natura più che la sorte degli altri. Titano, forse grazie all'amore materno che diceva di avere ricevuto, aveva un certo rispetto per la gente vecchia e danarosa. Non voleva che io avessi giustizia, ma che riavessi indietro il danaro che il centro mi rubava. E si batteva per questo. Io invece mi battevo per la poesia di Michele Pierri.

L'ostinazione divina è volta totalmente al bene. Dio vuole il bene, e quindi sopporta con noncuranza le idee malevole. Proprio come l'elefante tollera, con leggero fastidio, le mosche e le pulci che gli volano addosso.

Il cristianesimo con la sua idea del perdono, dopo tutto, non fa che avere la meglio. Con quel non cale dantesco: non ti curar di loro. Ma comunque il prurito sulla pelle è una cosa molto, molto fastidiosa.

Non riuscivo ad avere ragione del custode. E quindi non riuscivo nemmeno a raggiungere la mia dimensione terrena. Mi ha testé domandato una ragazza che cosa io pensi della realtà e del compiacimento collettivo del reale. Io, che ho provato lo smembramento dell'esistenza, dico che è pura fallacia, e che non si può discutere sulla sognante realtà.

D'altra parte anche la Chiesa tende a divorare ciò che non è provato e probabile, e a incenerire gli sbagli sociali di questo collettivo amore per il bene.

Ma questo straordinario e miserevole soldato del male godeva di tutte le specialità e dei trattamenti più angosciosi e angoscianti, in quanto faceva patire tutti del suo dissesto psicologico.

La poesia va a caccia di indirizzi, di lucertoline, la poesia veste abiti silvestri e ruffiani, la poesia è sempre dietro e fuori il teatro della nostra pelle. Per queste finzioni omeriche, o traslato della nostra stanchezza, abbi pietà di ciò che fu nel tempo uguale a se stesso. E se cadi, allora palpita di questo inverosimile vernacolo che è la nostra lingua interiore, interessi all'avvocato o al pubblico delle donne del Circo Massimo. Guarda altrove, per non vedere la carneficina del genio.

Si dice che nel nostro secolo i vecchi abbiano rovinato la civiltà. Forse i vecchi sono talmente vecchi che non fanno che gemere, invocare i loro ragazzi, e non si accorgono che i bambini delle scuole elementari sono cresciuti e sono diventati uomini e donne. Senza alcun riguardo verso se stessi e verso gli altri.

È una profonda amarezza per un anziano vedere che il polline dei suoi sogni è andato a depositarsi su una testa calva. Una testa con tanto di parrucca e con tanto di grande scuola.

Così gli antichi maestri sono diventati viscidi, lagnosi e petulanti, come il custode: non fanno che sgridare, criticare, pretendere.

Gli unici alunni di questi grandi vecchi sono rimasti i poeti: quattro gatti spelacchiati che miagolano alla luna in attesa che il custode li riempia di botte.

Il crocevia battuto da tante prostitute è anche battuto dall'uomo sapiente, che domanda a tutti i passanti, a tutti i barboni di questa terra, chi è lui. E percorre molte strade e veste i panni di tutti e si fa mongolfiera e barca fragile come la carta, finché non viene alimentato dalle onde del suo sguardo. L'uomo è, resiste, malgrado il dolore, la confusione, le salse dei Navigli, i problemi scotti di tutti i giorni. L'uomo è, malgrado gli amori, le pene. L'uomo è uomo, e mai donna come sono io.

La schiavitù della donna è uguale alla schiavitù dell'uomo, ma la materia grigia della donna può esplodere in qualsiasi momento.

Non c'è nessuna differenza tra me e l'ultima meretrice del mondo. Perché sto in un albergo a ore, perché ho bisogno di un'affittacamere? Perché anch'io voglio essere affittata, comprata, venduta, offesa.

Una cosa che mi impensierì di Titano fu che non mi offese mai.

Non ho mai visto un uomo così strano: tanta religiosa potenza, tanto cuore di vita, tanta poesia inespressa. Nessun uomo mi ha mai baciata con tanta passione, nessun uomo si è mai lasciato congedare alla stessa ora come una meravigliosa ossessione. L'ho lasciato perché ero all'altezza dei suoi carismi, perché non mi aveva uccisa.

A Titano, nel dubbio profondo della fede, avevo chiesto di essere uccisa ma lui, che non capiva il mio rapporto con Dio, si limitò a pretendere una casa pulita e il vestito stirato di fresco. Non mi rivelò neanche chi fu l'assassino di Roberto, forse non voleva dirmi che ero stata io a ucciderlo, geloso della sua angoscia come della mia.

Biscazziere nato, strozzino nato, aveva giocato sui tavoli dell'abbandono tutte le sue risorse, capitali umani, denaro contante, compreso il mio. Finché, non avendogli dato il privilegio dell'amore, emise a mio carico l'ultima sinistra cambiale, un protesto orribile di trenta milioni. Un adultero, un uomo di mondo che aveva visto in faccia il proprio destino e l'aveva deriso. Anch'io come Volponi dirò: "Non è cosa da tutti."

Non è detto che l'uomo che soffre sia vegetariano, uno che rinneghi i piaceri della carne. Soffrire vuol dire essere a conoscenza della propria natura e di quanto possa la materia sullo spirito a livello di sfiguramento. La materia è la vera devianza dell'uomo: la fame, la sete, il sonno, l'appetito sessuale, cose di per sé dinamiche, creano intorno allo spirito quei fuochi d'artificio che fanno dire all'uomo che è bello in quanto uomo, che è bello in quanto ha molti accidenti spirituali. Ma la bellezza univoca del corpo è lo spirito, e se si allenta ogni correlato va in necrosi, anche se si mantiene straordinariamente in vita.

Questo comunque è un delirio di disonestà, anche perché manca delle sue radici. Adesso sto in un hotel e la pazza ha mandato a dire che sono priva di soldi. È vero, perché il Montale me l'ha rubato lei, assieme a Titano e a qualcun altro. La delinquenza si muove sul Naviglio con la scorrevolezza della vita. Vivere o morire, sul Naviglio, è la stessa cosa. Rubare o premere il ventre di una donna causa lo stesso gaudioso piacere della menzogna.

Sono libera solo di andare indietro, di recedere fino all'acqua; di violarne la linfa nascosta.

Non ho mai potuto scrivere un romanzo come il Manzoni, tranquilla, a tavolino, con dati storici. Ho dovuto intuire. Ciò che uno sente è la sua sola verità, il suo male, il suo bene, il suo disagio d'ambiente. E stare vicino a quella lurida vecchia per me era insopportabile, era uguale alla Madame Thénardier della povera Cosetta, che tanto desiderava una bambola. La bambola era la mia bambina, che al tempo del delirio venne scaraventata per terra per fare dispetto a sua madre. E la bambola quasi ne morì. Ma la cosa più terrificante fu che quella povera bambola diede alla luce una figlia che si chiamò, guarda caso, come la figlia dell'orrevole vicina.

C'era una voce a Taranto che mi chiamava "vecchia bastarda", ed era l'avvocato Piero. Era l'unico che non si commuovesse mai davanti a quello che scrivevo. Era l'unico che lo disprezzasse.

Fui presente alla distruzione della biblioteca di Michele, una delle più belle che avessi mai visto, piena di lettere di Quasimodo e di Montale.

Una bellissima biblioteca buttata per terra, straziata.

E lui cercava il testamento del padre.

Che cosa non fecero di quei libri. E pensare che Michele non me ne lasciava toccare uno solo di quei volumi.

Vidi andare tutto in polvere, in briciole. Finché io non saltai al collo di Piero e non tentai di picchiarlo. Fu un attimo. Mi prese per la nuca, alzò un pugno orrendo. Non so. Ho chiuso gli occhi. E ho pregato. Ma ero così felice in quel momento. Mi sono detta: "Finalmente muoio." E invece no. Mi ha lasciata andare. È stata la cosa più feroce che potesse farmi.

Una donna aveva paura della morte, ma così tanto che ogni sera diceva novemila giaculatorie per tentare di ingraziarsi il buon Dio.

Dormivo io accanto a questa donna che, sfollati, avevamo preso in casa. Ci aveva fornito un poco di apparecchiatura e fungeva per noi da madre, con me anche da nonna.

Coricatami con lei ogni sera, mi vedevo sventolare davanti questo fantasma di morte e ne ero quasi tramortita. Io non vedevo e non potevo sapere tutti i peccati di cui si accusava la povera donna, che morì estenuata da quei lunghi discorsi. Senza poter mai discernere quale fosse la purezza della vecchiaia e quali i peccati della gioventù.

Abitavo in un cieco tugurio dal quale era difficile trasecolare ed espandersi. Tutto questo vacuore inutile era sommerso dalla nebbia e di difficile cammino. Avevo sempre l'anima gonfia di umori ardenti, quasi che mi facesse male vivere e più male ancora morire. E tuttavia invocavo la morte.

La notte morivo di sortilegio, di giorno scappavo da un vicolo all'altro come una talpa sorpresa sul suo boscoso cammino. Avevo voglia di alberi e non vedevo che cicli di pensieri e bestiole che mi camminavano sopra, talpe invisibili con ringhio di iene. Il passo cadenzato del custode pareva che schiacciasse insetti invisibili e inverecondi come il mio sesso. Il mio sesso era diventato un'ansa informe e deforme, difficile da trattenersi anche nel canto. Malgrado continuassi a scrivere, pareva che il mio sesso, anzi, il mio pene, fosse distaccato dal corpo. Pareva che oscillasse nel tempo come un pendolo strano.

Titano se n'è andato, e io con lui. L'urto di questa uscita contemporanea ha stupito tutti quelli che, non avendoci mai visti insieme, insieme ci hanno visti lasciare la mia casa.

Titano è morto o, se non è morto, io ne ho determinato la fuga.

Forse ho ucciso Titano perché mi aveva tradito non raccontandomi tutta la verità sul conto del custode. Forse invece fu esonerato per sempre dal raccontarmela, minacciato da quell'infame negriero.

Questo romanzo, che è la mia vita, potrebbe essere un giallo, un'orribile storia inventata intorno a quell'orrendo ciclo mestruale del pensiero, a quelle emorragie mentali da elettroshock di cui si è perso il ricordo.

Se il custode è un delitto, è un delitto impunito come quello dell'elettroshock, con i suoi tanti coaguli di sangue rimasti nella mia povera mente a generare tante distonie.

Questa confusione tra la mia mente e il corpo forse è voluta dall'alto. Forse nemmeno l'orribile scempio del custode sa perché sta lì a torturarmi e con gli anni è diventato scemo come me.

Il custode è un uomo serrato come sono state serrate le mie mandibole dal morso di qualcuno. Il custode è il manicomio, è l'elettroshock. Da quando non lo vedo più in carne e ossa perché non abito più in quella casa, il mio intestino si è bloccato. Lui sapeva che nel vederlo per la paura mi veniva la diarrea e mi ha mandata all'hotel Certosa dove soffro atrocemente di stitichezza.

Entrai in banca per caso, per ristorarmi dal grande caldo. Mi accolse un imbonitore e forse scoccò il classico colpo di fulmine da assegno senza conto corrente. Rimasi all'asciutto senza parole. Il bancario, con inaudita destrezza, me lo tolse di mano e me lo vincolò tirando in ballo il fatto che, avendo io in casa Titano, non poteva darmi i soldi, che sarebbero finiti chissà dove.

Mi trovai sull'orlo della rovina. Ogni giorno andavo da lui e lo pregavo di sbloccarmi l'assegno, finché un altro bancario non gli disse: "Ma perdio, sono soldi suoi."

In casa mia rubarono tutto e Titano non fu più trovato. Nella colluttazione dell'assegno i miei testi andarono perduti, gli originali dispersi e io rimasi sequestrata in albergo. Divenni un autentico sequestro di persona. Intanto mi arrivò lo sfratto e l'ingiunzione di pagare per una eredità mai ricevuta, per non essere mai comparsa alle trentasei udienze di un processo durato nove anni.

Questo processo celebrato all'ombra della psichiatria mi ha fatto lavorare come una pazza per mantenere gli avvocati. La depositaria di tutte le mie confessioni letterarie e legali perse la pratica o la consegnò. Nel frattempo, per non perdere la causa e tenerla sotto controllo, il mio medico aveva dato le chiavi al custode che così poteva entrare davvero in casa mia. Tutti risero della storia mia e del custode e ci trattarono come uguali dementi.

In banca impazzii il giorno che il buon Baldassarre, contabile, mi disse di ricorrere, per tirare le somme, all'assistente sociale che, a sua volta, avevo visto per dodici anni in manicomio.

E così, da un'ossessione all'altra, la mia vita continua.

Tu col tuo fallo arrivi al mio lavello, perciò non ti incarichi del mio bidet, né della mia assurda follia. Però cerchi dentro la cucina non so quale segreto, un secrétaire io credo, nascosto dentro i miei muri. Poi li palpi, per vedere se è ancora caldo il cadavere di mio marito.

La cagna festosa e lurida butta fuoco facendolo credere incenso. Mostra a tutti il suo male, affinché il suo duro fagocito ammorbi le persone deboli, e lo fa insudiciare dalle voglie femminili. Insudicia le giovani e le vecchie e vuole rapire la pensione per l'azzardosa e criminale vicina. La stupida e stolta sotto il suo pattume nasconde due mani grifagne, pronte a qualsiasi denaro.

Allora avevo quelle comuni, orride crisi di adolescenza per cui mi infagottavo in abiti inverosimili, per non far vedere che avevo un seno sodo e prorompente. Le sorelle Marucelli sudavano freddo, perché giravo in modo ignobile per Milano, additata come la donna più malvestita della città. Violetta mi congedò in un suo ricevimento perché arrivai con un fluente abito da sera in pieno inverno. All'apertura del ballo di primavera del Circolo della stampa andai con addosso un abito multicolore. Finirono col darmi l'ostracismo.

Dicevo a Titano che dopo tutto anche Padre Pio era stato perseguitato, e che in fondo un pochino gli somigliavo.

Quando mi trovava cattiva, gli rispondevo che anche Gesù aveva mandato i Filistei e i Farisei a farsi benedire perché commerciavano all'interno del tempio. Quindi avevo tutto il diritto di somigliare anche a Cristo.

Ho un violento raffreddore ormai da tre mesi, a causa di un libro sconcio che dovetti vendere davanti al Libraccio, come una qualsiasi mendicante. Mi trovai diffamata, mi presi un colpo di sole. Ma pensavo che per avere il fondo Bacchelli dovevo dimostrare la mia mendicità e la mia pezzenteria.

Anche questo libro mi è costato molto. Come tutti del resto, che a me personalmente hanno sempre portato sfortuna, anche se bellissimi e cari sono stati gli amici dei miei libri e coloro che li hanno curati.

Ma ho dovuto dimostrare che per i vicini ero, e continuo a essere, la pazza della porta accanto.

Pensate a questo triste figuro che invece di un ratto ha preso in mano l'immagine gentile di un bimbo e l'ha maltrattata fino a farla diventare donna, e donna di prostituzione. Pensate a quante orribili cose ha fatto quest'uomo e che cosa mi tocca vedere ogni giorno senza fiatare. Se avessi un corriere di bordo racconterei cose che nemmeno i maghi crederebbero. Ma non posso farlo. Mia sorella, la mia vicina combattiva e feroce, sa che alle nove mi debbo alzare. La mia giornata è onerosa e oltraggiosa. Mi debbo alzare contro voglia per partecipare alle feste sudate del Naviglio. Ma non è vero che abbandono i miei scritti sui tavolini dei caffè. Li abbandono perché mi trovo a bere e a consumare come qualsiasi malato di mente. E i caffè sono cari da pagare.

Ormai non rido più delle lusinghe degli atei. Non mi fanno più bene. Sono stanca di vivere e di morire, di riaprire un libro doloroso che non mi lasceranno leggere, per il continuo vociare della zona. La zona è piena di palpiti e di sussulti di feste invereconde.

E Titano morirà, anche lui.

È arrivato in porto, dopo un lungo navigare. Titano ha dato i remi a chi ne sa più di lui e ha scoperto che non può niente contro il destino. Ha fatto soltanto una cosa contro natura: mi ha rapito a me stessa, mi ha spaccata in due, ha voluto vedere come la farfalla era fatta all'interno. Ma ha trovato solo un libro bruciato da troppi elettroshock, le fila del discorso sbagliato.

Non è che io non sappia ciò che scrivo, ma ho sonno. Ho voglia di incontrare una morte scheletrica, che abbia l'armonia del riposo. E dire: "Va', consegnami a Dio. Consegnami a Dio, anima turbinosa e infelice, portata via dal cielo sulla morte tremenda di questa ignobile terra."

Comunemente si pensa che si possa scegliere la vita e il genere di vita che più ci compete, ma è difficile per tutti sottrarsi all'imperativo della nascita, e a quello più urgente del dolore. Per evolversi la vita deve fare male, e la sua maternità più difficile è quella che riguarda il poeta, che in fondo è l'unico a comprenderla. Il poeta è il figlio più tollerante, il più disadorno. E quello che come Lazzaro mangia i residui.

La vita non è matrigna, ma è madre, ed è una di quelle madri che avvilisce chi più l'ama. È la prassi della santità del poeta quel suo avvicendarsi sugli enormi seni della vita, che per lui saranno sempre sterili e senza latte. La vita si muove prodiga verso il meno assetato e il meno affamato, sorda ai lamenti del giusto, del savio, di colui che guarda a questa ingiustificata avarizia.

Però la vita è equanime: ai più dà il pane, ma al figlio diseredato passa di nascosto manciate di veri gioielli. E sono questi le parole del poeta.

Il diavolo si arroga il diritto di supplire e di giudicare al di fuori dei canoni di nostra madre Chiesa. E governa i popoli dei dementi.

Questo sterile individuo, più simile a un caprone che a un uomo, si è agganciato per i suoi bisogni a una becera, e mi ha adoperata per i suoi sporchi disegni di prostituzione.

Spero che un giorno finisca in galera. Ma non perché ha picchiato e magari sodomizzato un prete, ma perché prolifica come l'erba in una terra dolce e sognante come la nostra bella Italia, costretta a guerre intestine e a guerre povere.

Mi farò, quindi, povera anch'io, in segno di sdegno.

L'uomo non ama il predominio femminile e costringe la donna a parti dolorosi e difficili: la vuole vedere gemere davanti ai propri occhi. O forse non è tutta esausta cattiveria, ma l'anelante visione di una castità, che proprio nel dolore si redime.

Ho trovato la via di uscita attraverso le avide suture dell'uomo.

Ed ecco che la donna inaspettatamente rifiorisce, rifiorisce anche dopo le laceranti aspettative della miseria, e persino dopo quelle dell'incesto.

Non è un caso che la tragedia abbia dato l'avvio a sicuri preamboli, che visti controluce apparivano persino esaltanti. Così la passione di Paolo e Francesca, trascinati attraverso il dolore del piacere. Il piacere del dolore fa presumere che il delirio e il castigo siano immeritati. Ma immeritato è ciò che infierisce sulla figura dell'uomo, già così superba e così catastrofica.

Non è una fantasia quella del suo intimo sguardo. Non è una fantasia quella dei mille anni. Lo sporco individuo che balza su come palla, e che non corre certamente tra i venti, dorme da secoli dentro il mio armadio.

La sera della morte di Roberto era una magnifica serata d'agosto. Lo credo, lo so. Una di quelle serate entro cui si avventurano gli uccelli e l'anima cresce e diventa bianca come la neve, la droga. Sì, la droga, che tenevo nascosta nella manica per non dare a vedere che un certo dolore cominciava a minarmi. Che sudavo troppo.

Che troppo spesso sentivo freddo e spavento.

Tante cose avevo percepito dentro l'ansia.

Volevo arrivare prestissimo alla voce fato, perché alla voce fantasia mi pareva impossibile arrivare, troppo giovane io, troppo inesperta, troppo gioiosa in un mondo dove certi delitti non erano stati chiariti. Io, un eroe silenzioso del fato. Io, un vento di primavera in un mondo dove ormai spirava solo l'inverno. Ma sotto sotto qualche rancore nascosto. E la pelle che diventava come una giacca a vento.

Gli anni migliori sono stati quelli della mia giovinezza. Ero un poeta, un poeta che cantava l'alleluia della vita e la grandezza immeritata degli altri.

Anche mio padre sentivo nemico, perché era un mortale. E io già allora avevo sentito il profumo degli angeli. Le loro vesti sono immacolate, e immacolato è il candore del loro silenzio.

Ma ho conosciuto gente ambigua che prostituiva i malati. E coppie mostruose che fruivano l'uno della compagnia dell'altro per la tranquillità dei medici.

Ora vedo che niente è funesto e che tutto può muovere al bene. Ma c'è stato un momento, un momento preciso in cui ho creduto di morire. Ed è quando andavo a letto con tanto di scarpe perché aspettavo di essere chiamata per l'ultimo libro, come se si fosse trattato di un'esecuzione immateriale.

Avevo cominciato a fare predizioni sulla sorte dell'anima, che sentivo ingroppata in un'immondizia sepolta e non facilmente asportabile.

A volte da dietro le finestre e in pieno inverno guardavo il custode che spostava i sacchi. E li immaginavo, chissà perché, pieni di carne umana e di relitti da confondere. Mi dicevo: "La carta stampata esce di lì." E di fatto la carta stampata, da che mondo è mondo, è sempre stata fatta con gli stracci.

Sono povera, lo so, di annotazioni e di chiose e non ci tengo certo a che una noticina in calce, un asterisco facciano bene al pubblico e ai cultori della letteratura, che si mettono a leggere tra le righe del tuo pensiero.

Ho sempre paura quando vado a trovare Gerardo di non trovarlo, di non vederlo, di dover tornare a mani vuote. Di non potergli confidare i miei crimini segreti. Ma ho anche l'impressione che quando gli consegno le mie carte non lo consideri un privilegio, ma qualche cosa che gli è dovuto per diritto. La mia femminilità di autrice viene distrutta da questa carità miserevole che fanno gli editori, che convertono in bene il tuo patimento. Non sanno che quando il fiume piange, e invade anche terreni non suoi, lascia il segno profondo del suo ricordo, insemina la terra e la congloba verso la luce. La visione di Gerardo potrebbe essere quella di qualsiasi altro uomo, un simbolo. Non è una visione carnale, ma la possibilità di un amore e il cordoglio di saperlo spento, prima della sua stessa nascita. Con l'amore, accanto a lui, germina la morte. E il terreno della morte è assai più fruttifero. Ecco, la pianta della sapienza, la pianta del dolore, e persino quella dell'amore, vengono seminate lungo lo stesso percorso: quello della nostra morte.

Manganelli veniva a raccontarmi che certe donne anzianotte e forse ancora desiderabili il giorno della pensione correvano a spenderla tutta per paura che il custode le derubasse. E allora queste donne, allarmate fino allo spasimo, si trovavano povere il giorno dopo e non sapevano a chi dare i frutti del loro lavoro. Non ho mai capito se la loro fosse munificenza o dabbenaggine. Così, per paura del custode, ho preso in casa Titano. E invece di un delinquente ne ho avuti due.

Il dolore è una terraferma. L'uomo sicuramente può contare sul dolore perché è l'unica cosa sua, da sempre. La gioia è errabonda.

Da tempo ho una febbre insolita, una febbre che brucia. Sono diventata adiposa e grassa come una qualsiasi donna ansiosa, e non so più fare miracoli, proprio perché non so più soffrire. È il dolore che ci fa crescere ed è il dolore che ci fa morire. Se togliamo il dolore, togliamo il tavolo sul quale mangiamo ogni giorno. Senza dolore finiremmo costretti a mangiare per terra.

A me non piace il dolore e non mi piace avere un'aliquota di peso corporeo, non dovrebbe essere necessario diventare indecenti come sono io ora.

Non mi masturbo neppure più, perché non so più amare. E se il discorso cade sulla masturbazione può anche cadere sull'ideologia di un poeta. Il poeta sogna ed eiacula in continuazione, anche se è una donna, e si indebolisce talmente che finisce per diventare grasso e sfilacciato, perché non ha speranza di piacere.

Di solito mi scelgo uomini giovani, che sicuramente mi dicono di no, così posso andare avanti a martirizzarmi, a gemere e a dire che sono un poeta maledetto.

I critici ci hanno creduto, ci ha creduto il custode. E non sanno come i pazzi siano fieramente positivi, fino a che muoiono, ignorati da tutti come Penna, coperti da un lercio lenzuolo uguale a quello del manicomio. Un lenzuolo su cui Titano si è pulito le scarpe.

Le sevizie di questi anni, questa solitudine, questa paura di morire, questa carne sconsolata, questi sudori freddi. Non mi fanno presagire niente di buono. E però non oso più chiamare un medico, quell'ambulanza terribile che mi ha portata via, quel lavaggio al cervello, quel dimenticare l'amore.

Eppure quando veniva un medico, soltanto un po' di tempo fa, e guardava i miei fogli, e prendeva interesse alle mie cose, era già un vedere qualcuno. Ora non mi resta proprio niente.

La costrizione a vivere è una cosa terrificante, il volere a tutti i costi far vivere una pietra, come sono io. Voler dargli un'anima, l'aspetto e la forma di una vestale.

Queste pietre stellari, queste grandi ambulanze. E immobili sono le orde del destino. I piumati cavalleggeri e i riottosi carabinieri di Dio vengono ogni giorno a dire che sei prigioniera del caso. Sono il polline di Venere. Ecco, è il polline di Venere che mi dà questo orrendo raffreddore da fieno, il fieno dove io e Manganelli ci siamo riversi tante volte offrendoci alle braccia di un fato invincibile.

Si alternano nelle mie letture, e lo so bene, canti scurrili e canti pieni di fantasia e di dolore. Ma vorrei dire a Guido che questo va dietro allo star bene, all'essere più o meno frustrata e più o meno di casa con gli angeli.

Dice bene Manganelli quando sussurra che angeli e demoni parlano un linguaggio eversivo e dolce, pieno di lusinghe e segreti.

Lo so, certo da questo libro non guadagnerò niente, ma forse, forse, il riposo di una notte. E un'agonia piena di pace.

LA POLVERE CHE FA VOLARE

Conversazione con Alda Merini

Avevo quindici anni quando tornai a casa con la prima recensione a una mia poesia. Non stavo nella pelle per l'emozione. La portai subito a mio padre, la persona che mi era più cara, gridando: "Guarda, papà, che cosa scrive Spagnoletti di me." Lui, senza fiatare, me la strappò dalle mani e la fece in mille pezzi. Poi mi fissò negli occhi: "Ascoltami, cara, la poesia non dà il pane", mi disse serio. Era un uomo di buon senso.

Nonostante gli ammonimenti di suo padre, lei ha però continuato a scrivere lasciando molte tracce di sé. Fino a quest'ultimo libro, La pazza della porta accanto*, che già nel titolo richiama il suo stretto rapporto con la follia.*

Si potrebbe chiamarla una serena convivenza con la pazzia. Ma chi è poi la pazza della porta accanto? Per me è la mia vicina. Per lei la matta sono io, come per tutti gli abitanti del Naviglio, della mia casa.

Una casa che nelle sue opere si popola di figure strane e ossessive, come il custode del palazzo, che ruba, uccide, violenta. È un incubo della fantasia?

No, il custode è realmente esistito. Ma nella mia mente si è trasformato, ha assunto un significato segreto. Non saprei dire chi fosse. Una metafora. Era l'io, il mio io più oscuro. Una figura magica, mai identificabile perché era la paura stessa. La paura del sopruso, del manicomio, della miseria. Quando mio marito, Ettore Carniti, è morto, ho visto il custode trasfigurarsi sotto i miei occhi: gli sono cresciuti i baffi alla mongola come a Ettore, come Ettore zoppicava e come Ettore voleva rinchiudermi in manicomio. Tutto mi faceva pensare che volesse prenderne il posto. Lo odiavo.

Adesso il custode non esiste più, è stato ucciso. Anche Titano è scomparso, è morto.

Titano è un personaggio che lei a volte descrive come una presenza positiva, d'amore, e altre come un essere ingombrante, fastidioso. Chi era in realtà?

Un barbone, un grande personaggio dei Navigli. Un malavitoso che ho accolto in casa per quattro anni. È stato l'unico uomo che il custode abbia lasciato entrare nel mio appartamento. Quando lo vidi per la prima volta era moribondo. "Perché sta morendo?" gli chiesi. "Mi hanno rovinato le donne," rispose. Lo invitai a casa. Mentre varcava la soglia, si girò quasi minacciandomi: "Signora, sappia che sono molto violento," mi disse. "Non si preoccupi, sono molto violenta anch'io," lo avvertii.

Invece, è stato un agnellino. Come un buon San Bernardo, saltava e sporcava per tutta la casa. A volte mi rubava centomila lire che poi divideva con il custode. Di giorno lo mandavo via, lo mettevo alla porta, e lui riprendeva il suo vagabondare di barbone. Di notte, però, tornava sempre.

Ora che Titano non c'è più, non so nemmeno se ne sento la mancanza. Forse non mi manca più niente.

Ha raccontato che, nonostante la lunga convivenza, lei e Titano vi siete sempre dati del lei. Era un gioco, un curioso senso del pudore, oppure non lo ha mai considerato un legame forte?

Titano era una persona alla quale mi rivolgevo nelle mie lunghe e complicate peregrinazioni mentali. Lui mi guardava, con la sua aria un po' sorniona, mi abbracciava e si andava a fare all'amore.

Quali sono stati i suoi veri amori?

È difficile definirli. Ho avuto persone importanti vicino, persone che mi hanno dato e alle quali ho dato molto. Con Ettore Carniti, il mio primo marito, ho condiviso trent'anni di matrimonio, quattro figli e il lungo incubo del manicomio. Il rapporto iniziò a funzionare solo quando finì l'amore: quando cominciammo a capire che il tovagliolo andava piegato in quattro, insomma, quando ci affezionammo alle consuetudini domestiche, che non portano né tristezze né passioni.

Poi venne il secondo marito: Michele Pierri, un affascinante medico e poeta di Taranto, già anziano, che ho corteggiato per quattro anni. Per lui mi sono battuta, o, meglio, contro di lui mi sono battuta, perché non voleva introdurmi nella sua casa, nel suo ambiente. Io, una donna del nord, dal passato turbolento e la sigaretta in una bocca ormai senza denti. Giorgio Manganelli è stato un'altra presenza fondamentale. Ho amato molto anche lui. Per Giorgio ho dovuto vincere le mie paure, i miei moralismi. Al di là delle apparenze, io ho un forte senso etico, non riuscivo ad accettare il fatto che fosse sposato. Vivevo il nostro rapporto con una tale complessità che lui mi aveva soprannominata *complexiglax*.

Forse, però, il sentimento più puro che ho provato è stato quello per padre Richard, un prete che mi aveva toccato le corde dell'anima. Dico puro perché il caso e le convenzioni hanno voluto che rimanesse tale. Era una di quelle passioni che straziano, con la pelle scorticata che cade dal corpo, ma che fanno scrivere.

Ora che posso guardare tutte queste vicende a distanza, capisco di avere dato più l'anima che il corpo. E l'ho fatto con molto pudore, perché sono convinta che l'amore non viva senza il pudore: l'umiltà di pensare che non si è degni della persona amata.

Lei una volta ha scritto: "In me c'è l'anima della meretrice, della santa..."

Perché posso cambiare quando voglio, e come una schizofrenica posso andare in giro, dormire, andare a fare la spesa come se fosse tutto normale. Mi è facile imbrogliare il prossimo.

Il fatto di essere un istrione è anche un dato positivo, perché dietro la maschera dalle mille sembianze c'è uno sconosciuto che non vuole essere riconosciuto.

Uno dei lati che lei sembra voler più nascondere è quello familiare. Racconta più volentieri dei suoi amori che della sua famiglia. Che ricordi ha?

Sin da giovane ero una solitaria. Per farmi uscire, mia madre doveva buttarmi fuori di casa. Io stavo rinchiusa nella mia stanza, volevo soltanto leggere. Avevo una gran voglia di studiare, di imparare, di emergere. Il resto non mi importava. "È sempre quella dei tortelli rotti questa qua", diceva la mamma spazientita. Voleva dire che ero quella che si accontentava degli avanzi.

Qual era il carattere di sua madre?

Collerico. Poteva tirare uno schiaffo senza neanche spiegare il perché. Ma quale madre non è nervosa? Eravamo una famiglia numerosa, e non era facile tenere a bada i figli. Io ero incredibilmente testarda. Se la mamma mi faceva un'osservazione non le parlavo più per almeno una settimana. Mi chiudevo in un silenzio di protesta. La consideravo una nemica perché ostacolava le mie aspirazioni letterarie. Era figlia di una maestra, veniva da una famiglia colta, ma non voleva neppure sentir nominare la parola "cultura". E in casa comandava lei.

Lei ha invece speso parole di grande tenerezza per suo padre.

Sì, perché è stato l'unico a comprendere la mia vocazione, a seguirmi sugli studi, anche tra la difficoltà della guerra. Lui sapeva sempre come trovare le parole di conforto. Eppure non aveva una formazione letteraria. Faceva l'assicuratore, era stato anche direttore contabile di San Vittore. Il Fascio gli aveva offerto una promozione, ma poiché non volle accettare non aveva fatto molta carriera. In casa, però, era uomo buono ma debole, un inguaribile romantico succube di mia madre, di questa donna così bella e affascinante.

Che rapporto aveva con i fratelli?

Buono, anche se erano molto diversi da me e nessuno di loro abbia voluto studiare. Eravamo in quattro: un maschio e tre femmine, una sorella è morta giovane. Io ero la seconda, o la terza. Buffo, non me lo ricordo. Ricordo bene, però, la casa in cui sono nata, in viale Papiniano, dove presto ho avuto come vicina Maria Corti.

Ci parli dei suoi figli e dei dolorosi legami che hanno significato. Il primo ricovero in manicomio lei lo ha avuto mentre era incinta...

Purtroppo non mi è stato permesso di essere una vera madre. Un maschio l'ho perso, è nato morto al quinto mese di gravidanza. Il destino non me lo ha concesso.

Le mie quattro bambine, invece, me le ha portate via la follia: a causa degli internamenti in manicomio, le hanno date in affidamento. Quando stavo male non ero assolutamente in grado di occuparmene, e mio marito non poteva badare a loro: era panettiere, lavorava di notte e di giorno doveva dormire. Così, le mie creature sono finite in altre famiglie, accudite da altre madri. Sono state accolte in ambienti anche agiati, ma poi, quando sono cresciute, sono state di nuovo abbandonate. Forse i genitori affidatari temevano rivendicazioni sui loro testamenti.

Ma poteva vederle?

Pochissimo, e soltanto sotto stretta sorveglianza. Ogni visita mi sembrava un'agonia. Ricordo che quando andavo a trovare le mie figlie in quelle case di estranei mi si lacerava il cuore e sentivo una voce nella testa che mi gridava: "Pòrtatele via." Ma non ho mai avuto la forza di farlo.

Che cosa l'ha fatta più soffrire per la loro lontananza?

L'insegnamento che avrebbero potuto darmi. I bambini sono grandi maestri di vita, e forse è per la loro mancanza che io mi sento così ignorante.

Quali sensazioni provava quando si accorgeva di avere in

grembo una nuova creatura, che già sapeva di non potere tenere?

Ero comunque felice. La trasformazione di una donna che attende un figlio è un miracolo della natura. Sentivo un grande benessere, tanto che subito mi dimettevano dal manicomio. In quei momenti pregavo Dio perché la gravidanza durasse all'infinito: sarebbe stata la salvezza. Ma non ho mai ricevuto questa grazia.

Eppure lei dice spesso che non riusciva a considerarle sue figlie, che non era capace di amarle.

Non mi hanno consentito di amarle, questa è la verità, l'orrenda verità. Le hanno fatte diventare delle estranee. In manicomio tagliavano il cordone ombelicale che mi legava a loro, il legame fisico e psichico. Non riuscivo più a sentirle mie. Più di una volta i dottori hanno persino cercato di convincermi ad abortire. Ma almeno questo non l'ho mai permesso. Però ho fatto cose vergognose alle mie bambine.

Che cosa ha fatto di così terribile?

Per esempio, qualche giorno fa la mia Barbarina mi ha confessato una sofferenza che neppure sospettavo. È accaduto durante un Natale di tanti anni fa. In quel periodo non facevo che entrare e uscire dal manicomio. E allora, per farle trascorrere le feste serena, l'avevo mandata a casa di due coniugi che, dietro un compenso monetario, avevano accettato di accoglierla. Quando la lasciai in quella casa, la signora si avvicinò a Barbara e le ordinò: "Guai a te se ti avvicini ai miei bambini. Perché loro sono figli di gente perbene."

"Questa vergogna non l'ho più dimenticata", mi ha detto Barbara.

E poi ci fu quel giorno che Simona mi urlò al telefono: "I figli, mamma, non si vendono."

Io avrei potuto dare loro soltanto una cosa: il mio cognome, che già a quel tempo significava poesia. Ma mio marito andò su tutte le furie quando glielo proposi. Soltanto dopo ho capito che temeva di perdere la paternità, di perderle per sempre. Mi fa ancora soffrire l'idea di averlo tanto ferito, senza essermene resa conto.

Che rapporto ha adesso con le sue figlie?

Le aspetto, non faccio che aspettarle. Sono molto crudeli con me. Ma per loro la mia è stata una figura difficile da accettare. Sono stata una madre ingombrante: prima la pazza, ora la poetessa famosa. Leggono quello che scrivo, certo, ma nessuna di loro ha voluto seguire la mia strada. Hanno preferito allontanarsi da me e hanno fatto bene. A me non resta che cercarne le tracce tra le mura di questa casa.

È motivo di sofferenza?

A dire la verità ci sono giorni in cui le voglio dimenticare. È meglio che non vengano, mi dico. È meglio che non ostacolino l'amministrazione della mia follia. Già, perché la follia chiede di essere amministrata.

Ovvero, si deve imparare a entrare e uscire dal delirio?

Esattamente. Ma non tutti lo sanno fare.

Non tutti riescono a fare poesia della propria malattia.

L'esperienza può insegnare a camminare sul filo del rasoio e a vivere sempre in pericolo di cadere, ma non si può usare la pazzia con uno scopo. Il delirio dà alla luce figure, visioni, realtà sommerse. La follia è un capitale enorme, estremamente prolifico, però lo può amministrare soltanto un poeta.

Con quale artificio?

C'è un quid che va cercato e sollecitato. A volte non ne ho voglia neanch'io, perché è molto faticoso, terribilmente doloroso. E c'è anche il rischio che la gente faccia un'immagine caricaturale del poeta folle, ma la caricatura il genio non la sopporta.

Il genio è egoista, un conservatore delle proprie idee, delle proprie patologie.

Lei è egoista?

Sono soprattutto una moralista tremenda, non perdono certe colpe. Ho vissuto in ambienti profondamente immorali, dove ogni confine si perdeva, eppure paradossalmente la mia moralità ne usciva sempre rafforzata. Mi sono confrontata con distruzioni fisiche e mentali terribili, e ne sono resuscitata.

Che cosa ha causato il primo sequestro, il suo primo ricovero?

Fu un improvviso scatto di delirio. Mi ero sempre ritenuta una persona tranquilla, e invece nel profondo dell'animo covavo la mia segreta follia. Un giorno ho perso il controllo, sono andata su tutte le furie e ho picchiato mio marito. Forse era soltanto un momento di stanchezza, Ettore andava sempre in giro, questo mi esasperava. Mio marito, terrorizzato, ha chiamato l'ambulanza. Ma la più spaventata ero io: mi sono trovata al cospetto di una parte di me che non conoscevo. Non sapevo neanche che esistessero i manicomi: è stata una rivelazione orrenda. Il primo ricovero non è stato spontaneo. Tutti i successivi però sì.

Significa che lei stessa si consegnava volontariamente al manicomio?

Sì, perché mi accorgevo da sola che non stavo bene. Allora preparavo il mio fagottino e mi presentavo al cancello di quella sorta di ospizio. Lo facevo di nascosto da mio marito. Lui rientrava a casa e non mi trovava più. Queste sorprese lo facevano ammattire a sua volta, si dannava l'anima. Ma io a casa mi immalinconivo, fino allo strazio più profondo. Non riuscivo più a mangiare. Forse mi sentivo respinta, poco amata da Ettore, da tutto il vicinato, da questo palazzo dei Navigli pieno di oscuri segreti.

Mi rendo conto che è difficile spiegare il mio bisogno di tornare ciclicamente nell'inferno del manicomio. Probabilmente si torna sul luogo del delitto per capire la causa della propria morte, per trovare quella cartella clinica su cui è scritto il nostro destino.

Di quale patologia psichica soffriva esattamente?

I medici sostenevano che fossi schizofrenica, ma non è mai stato vero. Avevo una nevrosi, ero esaurita.

A un certo punto i suoi ricoveri però sono cessati: come mai? Non ha più sentito il bisogno di rifugiarsi in manicomio?

Dopo l'ultimo sequestro mi sono spaventata moltissimo. Mi facevano nove iniezioni al giorno, una terapia intensiva tremenda. Ho troppo sofferto. Poi ho subito un intervento di isterectomia. Tolto l'utero, mi sono scomparsi all'improvviso anche i sintomi della malattia mentale. Penso che ci sia un legame tra le due cose.

Lei pensa che le donne siano davvero portate al delirio?

Sì, perché la donna viene educata al delirio. La istruiscono fin da bambina al feticismo: deve amare le pentole, venerare gli oggetti della casa, tenerli puliti, accudirli. Il focolare diventa il simbolo della matriarcalità. Neppure il femminismo è riuscito a sradicare queste simbologie.

Infine, ci si sente impazzire tra i feticci. I panni addosso si fanno pesanti. Ecco perché, in preda a una crisi, la prima cosa che fa una folle è di strapparsi i vestiti. Quando in manicomio udivamo delle urla lancinanti era sempre una malata che si stava stracciando gli abiti. Allora bisognava accorrere a rivestirla, a calmarla.

Ma che origini ha la follia?

La follia è una delle cose più sacre che esistano sulla terra. È un percorso di dolore purificatore, una sofferenza come quintessenza della logica. La follia deve esistere per se stessa, perché i folli vogliono che esista. Noi la chiamiamo follia, altri la definiscono malattia.

Perché volete che la follia esista?

A noi è tanto cara perché diventa la madre, il padre, la casa. È la figura sostitutiva di un amore e si può coltivare soltanto all'interno del manicomio. Non si può portare all'esterno una figura così carismatica, bella, di sogno com'è il delirio, perché verrebbe distrutto, inghiottito dal quotidiano. La follia va invece allevata in un ambiente adatto, e allora può dare alla luce cose straordinarie. Diventa dolore, ma anche poesia. In dodici anni di manicomio ho imparato tanto.

La follia può essere anche una scelta?

La verità è che non se ne conoscono le origini. La follia è forse anche un disturbo organico, ma non si sa. Io penso che esista un germe sotterraneo, un virus della follia che può attaccare l'organismo, annientarlo. Sì, credo che la follia possa essere virale e diventare come un cancro.

Lei ha subito numerosi elettroshock. Che cosa ne pensa di questo metodo di cura?

Sostanzialmente non sono contraria, l'elettroshock può essere anche una buona terapia. Però deve essere usato da mani sicure, altrimenti diventa un mezzo di tortura. Io per esempio sono convinta che, se mi avessero lasciato fare l'amore con padre Richard, avrei capito le origini della mia follia, sarebbe stato un trauma illuminante. Invece, me lo hanno impedito. E per farmi dimenticare l'amore proibito per un prete mi hanno subito sottoposta a un elettroshock. È stato un abuso. Mi hanno tolto prima le scarpe, poi la testa.

Che cosa è accaduto nella sua mente dopo l'elettroshock: l'amore si è dissolto?

Sì, non me ne sono più ricordata. Padre Richard è rimasto soltanto un nome, non ho più sentito il bisogno di incontrarlo, hanno spazzato via il sentimento dalla mia testa. Invalidare le persone è un delitto. Invalidare una persona significa farla soffrire per tutta la vita senza che possa capire il perché, o, peggio ancora, capendo il perché. Il tormento morale è una delle cose più atroci che si possano infliggere, ben peggiore dell'errore medico.

In manicomio ha sofferto moltissimo, eppure spesso ne parla con nostalgia.

Si fa sempre il paragone con quello che c'è fuori. Lì dentro accadevano anche cose incredibili. Ricordo un ragazzino che mi stava sempre appresso perché gli infermieri lo andavano a masturbare, gli facevano scherzi atroci. Lui sognava di diventare prete. Ma noi pazienti eravamo tutti amici. Nessuno si stupiva del comportamento altrui, né aveva parole di condanna morale. Quando aspettavo mia figlia Simona erano tutti felici. I malati si preoccupavano per me, la gente sana no.

C'era una specie di società interna?

Era una vera società, una società anche letteraria. Perché c'erano notizie di vita, storie di sentimenti, molta poesia. I malati erano stati offesi, erano sofferenti. Alcuni non volevano più andare a casa, altri lo desideravano, altri erano proprio dementi. Ognuno conosceva i problemi dell'altro, e c'era molto rispetto per gli stati d'animo altrui. Se uno per esempio si metteva a scrivere, un malato poteva avvicinarsi e chiedergli che cosa stesse facendo. L'altro se aveva voglia rispondeva, e allora nasceva il dialogo. Ma entrambi facevano molta attenzione a non invadere il campo dell'altro.

Esisteva uno spazio per la creatività?

Sì, anche se normalmente non ci davano gli strumenti, perché poteva essere pericoloso. Persino una penna può fare del male in manicomio. Però c'era un servizio sociale interno di recupero, dove si poteva scrivere e dipingere. Io per dodici anni ho sempre letto lo stesso libro, era di Paolo Villaggio. E come ridevo.

Le succede spesso di rimpiangere il manicomio?

Adesso, per come mi hanno ridotta, sì. Sono molto spaventata, soprattutto dagli editori. Le case editrici sono aziende e io con le aziende non riesco a fare poesia. In manicomio, invece, eravamo felici, perché venivamo depauperati delle nostre angosce. Certo, tranne quando cadevamo in stato depressivo.

Vi aiutavate fra di voi per capire i vostri disturbi?

Sì, c'era una specie di terapia di gruppo. I meccanismi della follia scattano improvvisamente, a volte con effetti comici. Mi ricordo un tipo che fissava un altro con aria cattiva. "Non ha fatto la barba", diceva come una cantilena. Dopo un po' deglutisce e riprende: "Infermiere, non ha fatto la barba." A un certo punto è saltato su come un petardo continuando a urlare contro l'altro paziente perché non si era sbarbato. Lo hanno dovuto legare. L'indomani allora qualcuno andava da lui e cercava di capire che cosa gli fosse accaduto nella testa, che cosa significava quella storia della barba. Nasceva così l'indagine psicologica.

Si dice che il delirio porti a comportamenti bestiali.

La demenza fa tornare alle origini. In manicomio c'era gente che dormiva per terra, perché la terra per loro diventava la grande madre, come per i primitivi. Altri battevano il suolo per fare il tam tam così da comunicare con qualcuno lontano che mai li avrebbe sentiti. Ci sono malati che arrivano a morire per tornare nella terra, come se fosse la vagina materna. C'era chi assumeva una posizione fecale per fecondare la terra con i propri escrementi.

C'erano però anche malati gravi.

Sì, i paranoici, ma i più pericolosi venivano isolati. Lo schizofrenico lo si riconosceva perché fissava troppo, e allora bisognava distrarlo, chiedergli con calma che cosa avesse. Se usciva di senno, centuplicava la forza, diventava una belva, una pantera. Molti poi tentavano il suicidio.

Lo dice con un tono di rimprovero.

Andavo su tutte le furie quando qualcuno tentava di uccidersi. C'era una tipa, per esempio, che mi diceva sempre: "Sai, Merini, mi sento depressa. Hai qualcosa?" E io le davo un antidepressivo. Ne ha raccolti una quarantina, era furba. Così un giorno veniamo chiamati all'appello, c'era la visita, ma lei non si è presentata. Mi viene un'idea, un sospetto. Vado a cercarla e la trovo in coma. Ho fatto accorrere la dottoressa, hanno chiamato l'ambulanza. È tornata dopo quaranta giorni, tutta sorridente, dicendomi come se niente fosse successo: "Ciao Merini." "Ciao Merini?", le dico io, "Vieni un po' qua." Ha cercato di scappare, ma io l'ho messa contro un muro. "Tu una cosa così non la fai più." Non l'ha più fatto.

Me ne ricordo un'altra, che si tagliava tutte le mattine riducendosi in un lago di sangue. E l'infermiera: "Poverina non è venuta la mamma, poverina l'hanno lasciata sola, bisogna capirla." E io: "Poverina?" L'ho fatta alzare e le ho detto: "La prossima volta che vedo ancora del sangue ti prendo e ti scaravento dalla finestra." Nemmeno lei ci ha riprovato. Ma non lo facevo per il loro male: in certi casi bisogna reagire con forza e scuotere le persone.

Lei ha una memoria di ferro. Ci sono ricordi che ha cancellato volutamente dalla sua mente?

E certo, se no che poeta sarei, se non avessi dei segreti. Esistono meandri oscuri nella mente, ma sono sofferenze talmente grandi che non ne vorrei parlare più. Tanto non sarebbero capite: non può capire la prigione chi non c'è stato. E poi mi parlano del fondo Bacchelli. Ma che cosa potrei farci, ora che mi hanno privato dei miei amori, dei miei figli? Che cosa me ne faccio adesso dei soldi? Li spenderei per comprare un quaderno di denunce. Io vorrei essere aiutata, ma non a capire, perché ho capito anche troppo.

Quando parla dei malati che ha incontrato, a volte le viene da sorridere, quasi da ridere.

Ridevamo spesso io e Manganelli della pazzia. Ma in realtà ci sono incontri che lacerano. C'erano trenta malati al Paolo Pini di cui non sapevano che fare. Sono là da quarant'anni e non riescono a metterli fuori perché non sanno neanche che esiste il tram. Mi fu proposto di fare una raccolta di fondi per aiutarli. Sono andata a trovarli. Uno mi ha provocato un trauma atroce. Gli ho chiesto come si chiamasse, e lui mi dice "Ettore", come mio marito. Gli ho detto: "Non venga mai più a disturbarmi." Sono stata malissimo. Le cose non accadono mai per caso, forse l'hanno fatto apposta.

Poi, invece, è successo un fatto buffo. "Venga a sentire come suona un malato," mi hanno detto. Sono andata e ho visto un barbone al pianoforte: era conciato come un pezzente, ma suonava divinamente. Mi ha fatto piangere. Un altro malato lo fissava e non faceva che sfregarsi le mani. Gli ho chiesto: "Scusi, perché lo guarda così?" E lui: "Suona così bene che lo devo picchiare." C'era una logica in questo. Gli editori dicono la stessa cosa di me: "Scrive così bene che merita una manica di botte."

Com'erano i rapporti con i dottori?

Volevano bene a noi malati. D'altra parte, che cosa farebbero gli psichiatri senza di noi? La loro è una confraternita, un complotto segreto, si riconoscono tra di loro, si annusano, si sentono. E ci cercano. I medici non vivrebbero senza i loro malati.

Quando ero nel reparto della Marcella Rizzo c'era un medico anziano, matto che più matto non si può. Se un parente andava a chiedergli notizie del malato ricoverato, lui diceva con aria inquisitoria: "Lui sta bene, ma lei come sta?" "Bene," rispondeva quello, già intimorito. "Allora guardi, si prenda un antidepressivo quando va a casa." Il parente veniva da me, che stavo in corridoio, e mi chiedeva stupito: "Signora, ma perché il dottore mi ha dato l'antidepressivo?" Ma in fondo non aveva torto, perché sicuramente era più malato il parente del paziente, visto che lo aveva fatto rinchiudere.

Comunque, questo medico un giorno mi manda a chiamare e mi grida: "Lei, numero 17."

"Be'?"

"Lei è innamorata di un prete." Era vero. "Si vergogni."

"Perché?"

"Perché ha quarant'anni."

"Le da fastidio?"

"No" e mi ha fatto una ramanzina. "Si vergogni, è sposata."

"Ma con chi?"

"Ma come con chi? Con suo marito."

"Ma se non viene mai quello lì a trovarmi: di quale marito sta parlando? Che cosa significa 'marito'?"

L'ho subito smontato. Noi malati dovevamo far ragionare i medici, fargli capire le cose. Eravamo noi a tenere i piedi per terra, altrimenti loro si lasciavano andare a cattiverie incredibili. Noi dovevamo studiare i dottori, guidarli.

Potrebbe fare a meno dei medici?

Recentemente sono stata a un convegno di psichiatria, ero seduta vicino a un giovane dottorino tutto gioioso e immedesimato nella sua parte, che mi domanda: "Secondo lei io chi sono?" Aveva un collo enorme, era una montagna di carne, mi sovrastava. Mi sentivo fisicamente minuscola al suo confronto. Allora gli ho risposto: "Sa, una volta la mia nipotina mi ha raccontato una storiella: c'erano tre pulci. Due erano rimaste a terra e una si era arrampicata sopra un elefante. Appena fu arrivata sul collo della bestia, le altre pulci da sotto le urlarono: Dai, forza, strozzalo!"

Che cosa penso della psichiatria? Che è uno strumento utile ma limitato.

Una volta soffrivo di una terribile diverticolite. Lo psichiatra mi ha detto che era soltanto un dolore psicosomatico. Poco tempo dopo mi hanno dovuta ricoverare in ospedale d'urgenza per peritonite. Per quello psichiatra forse anche la morte è soltanto un disturbo psicosomatico.

Che cosa le resta di questa vita profondamente e pesantemente vissuta?

Non voglio pensarci. Molto tempo fa stavo leggendo la morte di Madame Bovary: mi sentivo male, la lingua si ingrossava, era come se mi fossi avvelenata, ero realmente avvelenata. A un tratto ho visto una cosa orrenda: ho visto l'aldilà. Era l'inferno, atroce. Mi sono alzata di scatto e ho suonato alla porta della vicina chiedendole con un filo di voce qualche goccia per il cuore. Ho superato la crisi, ma mi è rimasta una tremenda stanchezza sulla lingua. Dopo questa visione sopportai il manicomio senza batter ciglio.

Ma l'inferno che ha visto com'era?

Di questo non voglio parlare. È una delle cose più terrificanti che si possano immaginare. In quei momenti mi è passata davanti agli occhi tutta l'esistenza. Credevo di essere una persona a posto, invece non avevo fatto una sola cosa buona in vita mia, nemmeno una, era tutta una sequenza di errori, di vanità, di parole vane. Mi sono talmente spaventata che sono tornata indietro. Non cercherò mai più di oltrepassare quella soglia.

Eppure lei, di fronte alla soglia del dolore, non si è mai tirata indietro...

Ma sa, il dolore, per un poeta è una delle tante strade che deve seguire per scrivere. Io scrivo con dolore, ma voglio vivere con gioia. Aspiro alla felicità, anche se i mali del mattino mi rovinano la giornata.

Che cosa teme di più?

È come se temessi di essere mangiata, o come diceva Manganelli, trasformata nelle feci degli altri. Fa abbastanza schifo. Si diventa sterco dei miseri, senza alcuna vocazione alla miseria. Si può diventare sterchi sociali.

Io sono sempre stata molto timida. Mi chiudo dentro per non essere vista, sebbene piaccia anche a me fare bella figura, ma come donna, non come poeta.

Non esiste la donna poeta, esiste la donna e basta, la donna letteraria, la donna evangelica, epistolare, la donna che batte i marciapiedi. La donna poeta fa solo il mestiere di poeta.

Esiste una forma più elevata di dolore?

La vera pena consiste nel modo di descrivere il dolore.

Guardandolo in faccia?

La faccia del dolore è quella delle persone che sanno farle del male.

Il dolore del poeta nasce dallo scontro con gli altri. Il dolore profondo nasce dalla socialità.

Quando la società la fa più soffrire?

Quando qualcuno decide per conto mio. Nessuno di noi può decidere per conto di un altro, neanche per conto del più misero, neanche per conto di un bambino.

Pensiamo al bambino: lo si può dirigere, ma non stabilire la sua vita. La sua stella è già nel cielo, il suo destino lui già lo possiede. Si deve prepararlo ad affrontare la sorte, ma non pretendere che ci assomigli, anche se nei tratti somatici ricorda il genitore.

È come quando qualcuno va dalla Merini e decide di lavarle i vestiti perché è distratta. E portano via la polvere che le piace tanto. Non so se esistano le ali della farfalla, ma è la polvere che la fa volare.

Ogni uomo ha le piccole polveri del passato che deve sentirsi addosso, e che non deve perdere. Sono il suo cammino. Anche in manicomio dicevano: "Lavateli." No, io voglio sentirmi sporca, sporcata anche dalla fama, d'altronde.

"Le lavo le maglie così è pulita," mi dicono. Pulita ma infelice.

NOTIZIA BIOBIBLIOGRAFICA

Nata a Milano il 21 marzo 1931, Alda Merini esordisce nel mondo della letteratura molto giovane: non ha ancora sedici anni quando Silvana Rovelli mostra alcune sue poesie ad Angelo Romanò che, a sua volta, le fa leggere a Giacinto Spagnoletti. Nel 1947 conosce Giorgio Manganelli, Luciano Erba, Davide Turoldo, Maria Corti. In questo stesso anno si manifestano i primi segni della malattia mentale.

Come ha scritto Maria Corti, se Manganelli è stato per la Merini un maestro di stile, il merito di esserne stato lo "scopritore" spetta a Giacinto Spagnoletti, che inserisce alcune poesie della poetessa milanese nella sua *Antologia della poesia italiana 1909-1949* (Guanda, 1950). Altri testi vengono pubblicati nel volume curato da Giovanni Scheiwiller *Poetesse del Novecento* (1951). Il primo libro di versi è *La presenza di Orfeo* (Schwarz, 1953) che, accolto con grande favore dalla critica, sarà poi riproposto da Vanni Scheiwiller nel 1993 insieme alle successive raccolte *Paura di Dio* (Scheiwiller, 1955), *Nozze romane* (Schwarz, 1955), *Tu sei Pietro* (Scheiwiller, 1961). Il 1953 è anche l'anno del matrimonio con Ettore Carniti, proprietario di alcune panetterie, da cui nasce, nel 1955, la prima figlia. Salvatore Quasimodo, a cui la Merini è legata da rapporti di amicizia e lavoro, pubblica alcune sue liriche nel volume *Poesia italiana del dopoguerra* (Schwarz, 1958).

Nel 1965 ha inizio il doloroso periodo di internamento manicomiale presso il Paolo Pini di Milano, internamento che prosegue fino al 1972. Durante i rari rientri in famiglia, mette al mondo le altre tre figlie.

Il silenzio poetico in cui, anche a causa della malattia, Alda Merini si è chiusa, si interrompe, dopo quasi vent'anni, nel 1979, quando dà avvio alla scrittura di alcuni tra i suoi componimenti più intensi, soprattutto quelli di *La Terra Santa* (Scheiwiller, 1984; Premio Cittadella 1985). Rimasta vedova, nel 1983 sposa il poeta tarantino Michele Pierri, presso cui si trasferisce. Sono anni spesso difficili, durante i quali conosce gli orrori dell'ospedale psichiatrico di Taranto. Rientrata a Milano nel 1986, riprende a pubblicare. Ricordiamo, tra gli altri, *Fogli bianchi* (Biblioteca Cominiana, 1987), *Testamento* (Crocetti, 1988), *Vuoto d'amore* ("Collezione di poesia", Einaudi, 1991) e *Ballate non pagate* (Einaudi, 1995).

Negli ultimi anni Alda Merini si è anche dedicata alla prosa, con *L'altra verità. Diario di una diversa* (Scheiwiller, 1986 e 1992; Rizzoli, 1997), *Il tormento delle figure* (il melangolo 1990), *Le parole di Alda Merini* (Stampa alternativa, 1991), *Delirio amoroso* (il melangolo, 1989 e 1993), *La pazza della porta accanto* (Bompiani, 1995; Premio Latina 1995; finalista Premio Rapallo 1996).

Nel 1993 le è stato assegnato il Premio Librex-Guggenheim "Eugenio Montale" per la poesia; nel 1996 il Premio Viareggio.

Alda Merini si è spenta il 1° novembre 2009 all'Ospedale San Paolo di Milano.

Indice